Gayle

小時候學校都會問小朋友長大以後要做什麼，我的答案是獸醫。直到國中時，我才認清我真的不是塊讀書的料，只好跟我的獸醫夢說 sayonara。

大學時有幾堂課因為有聽障同學，學校特地請手語老師站在教授旁邊做同步翻譯。我整堂課就盯著手語老師跟聽障同學的反應，看到出神。十幾年前 Robert Redford 有部電影叫《The Horse Whisperer》，在電影裡面他是個可以跟馬對話的人，再難馴服的馬到他手上都變得不一樣。那個時候的我超想擁有和他一樣的超能力。而近幾年，我最崇拜的人是西薩——《報告狗班長》的主角。

現在回想起來，這幾個人的共通點都是不用有聲的語言來溝通。動物也是這樣，難怪我這麼喜歡牠們。

Bravo

我叫 Bravo，我阿姐說這個名字的意思是「棒棒棒」，小名叫 Brabra，就是好棒×2。

我來自比地球先進的外太空星球。在那裡，最被尊敬的職業是科學家。從小到大家裡都幫我請家教，希望我可以進入畢其瓦瓦星球的最高學府，以後也當個科學家。但是我偏偏就想要當個廚師。我喜歡看吃了我做得料理的人滿足的笑容。

有一次，我的鄰居去台灣視察人類的活動，順便帶了一些名產回去，其中有雞排跟肉圓。這些食物好吃到讓我想要流眼淚。於是我決定搬到台灣來追逐我的料理師傅夢。

4腳＋2腿

Bravo與我的20條散步路線

Gayle Wang

To My Dad

La Dolce Vita! Happy living, with your furry friends!

A little laughter, a little humour, I wish to bring to you

A little information to get you to think

A little information for you to use

And some interesting stories to share with you

And some lessons I've learnt from

My furry friends

一點點好笑，一點點幽默

一些些事實提供給您想想看

一些些資訊提供給您使用

一些些有趣的故事

一些些我從毛毛朋友身上學到的事

與大家分享

土狗、貴賓狗都是善良狗

Part 1

Gayle and Bravo 的自我介紹

Part 2

我生命中的第一隻狗狗

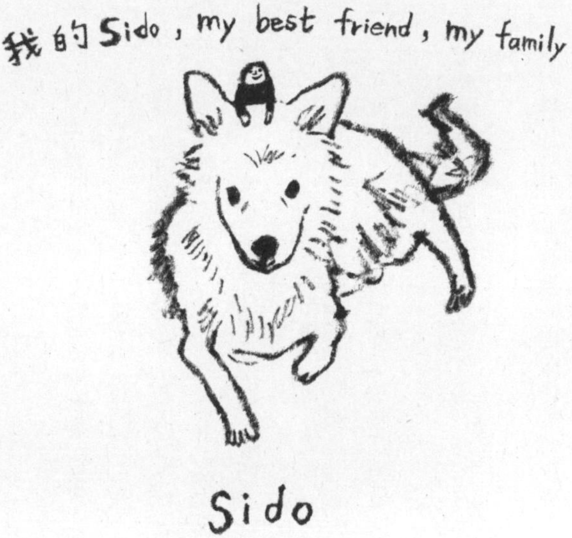
我的Sido, my best friend, my family
Sido

Sido

寫這本書，我一定要提到我生命中的第一隻狗狗 Sido。

小時候因為一直是越區就讀，下課後都沒有同學可以一起玩，所以 Sido 很自然的就變成了我的玩伴、我的好夥伴。牠原本是隻被我帶回家療傷的流浪狗。家裡其實是不讓我養狗，父母只同意讓牠留下來療傷。誰知道，牠這一進門，就再也沒離開過我們家。

Sido 有咖啡色的毛，短短的腿，看起來有點像是進階版的蝴蝶犬加臘腸，品種超獨特，連名獸醫都無法確定牠是什麼。

Sido 超討厭被牽著走，在那個沒有《報告狗班長》的年代，牠是我的隊長。

牠很挑食，最討厭吃飼料，最喜歡吃白飯拌魚油跟雞肉拌飯。為了要騙牠吃飼料，我發明「彈彈餵食法」——飼料一顆一顆像彈珠一樣彈出去。會移動的食物對牠來說似乎比較美味，畢竟是她自己抓來的。

Sido 很成熟，牠喜歡坐在落地窗外，耳朵豎高高的認真聽大人聊天。如果我們可以聽懂牠的話，牠應該會有很多意見想要加入。牠也喜歡一起看電視，如果你錯過前幾集的連續劇，牠應該可以馬上給你完整的 update。總之我覺得牠超聰明、超有智慧的。

牠很講義氣，對人友善。唯一只會對我爸爸的一位朋友皺鼻子。每次看到這位阿伯，Sido 就會沒理由的不爽。我爸爸說這個朋友在當兵時吃過狗肉。我想想，這也有道理，你如果吃我的朋友，我應該也會想要咬你。

在 Sido 出現之前，我好像沒有特別關心或照顧過誰，畢竟那時我只是個小孩子。直到有一天牠生了一場大病，獸醫說牠的狀況不是很樂觀。那是我第一次這麼細心地照顧另外一個生命，第一次這麼地為另外一個生命如此的擔心。那段時間我想盡辦法讓牠吃飯、餵牠吃藥、陪在牠旁邊睡覺，我也祈禱神明保佑牠的健康。很幸運的，牠康復了，而且還一直陪伴我到出社會後的好幾年。

當你把牠當成家人時，你是會這樣付出的。這樣的付出跟你愛一個人的時候有什麼兩樣呢？我的第一隻狗狗 Sido，牠教了我生命中最重要的課「愛」。

牠讓我知道什麼是愛。

我很感謝父母那時候答應讓 Sido 留下來。牠讓我的成長過程更豐富、有趣。牠是我收過最好的禮物。

Sido，謝謝你出現在我生命裡。

I love you, I love you, I love you.

Forever, you will always be in my heart!

推薦序

享受責任帶來的喜悅

黃慧璧
台灣大學獸醫專業學院教授
台灣大學附設動物醫院內科主治獸醫師

放假時、休息時、晚上吃飯時，我們總會想著跟伴侶、朋友、家人一起吃什麼、去什麼旅遊路線；當我們苦思不著時，就會翻開眾多食譜、旅遊書參考拜讀；當我們不了解愛我們與我們所愛的人、或是相處上遇到瓶頸困難時，也會透過閱讀文章書籍，提供我們一些不同的想法與意見，讓我們能夠更加精確的知道情緒與行為背後的意義。就像這些關於我們與朋友、伴侶的書一樣，《４腳＋２腿──Bravo 與我的２０條散步路線》此書中，作者 Gayle 以一種輕鬆流暢的方式提供給我們與我們的狗狗朋友們許多特別的遊玩路線、餐廳小店，同時也告訴我們許多出遊時與狗朋友們的相處之道。書店中有關狗的書籍非常多，但大多是從第三者的角度著眼，描述的是人類對「牠們」的觀察與訓練，但從此書中 Gayle 與 Bravo 的互動，讓我清楚的感受到這是一本教我們與我們所愛的「朋友伴侶們」的相處書籍。在 Gayle 與 Bravo 身上，我們可以了解到對於一個生命、在決定與這些動物們生活的開始，享受牠們帶來的歡樂與陪伴時，背後代表的也是一個責任。「當你養了動物，你就是牠生命的全部，你決定牠這一生過什麼樣的生活，你決定牠會不會是隻快樂的動物，你決定牠的一切。當你有這機會，為何不好好的為牠製造美好的記憶，讓牠說夢話時都會說『今天真是有趣的一天！』」這是書中一段令我印象深刻的話。在過去看診的生涯中，我從許多主人與他們的狗貓互動中，看到了許多令人感動的真摯情感，雖然他們的狗貓在外人看起來或許已經老了、生病了，不像幼齡動物那麼可愛了，但是他們還是無怨無悔的付出精神跟時間照顧陪伴。在此書中我看到了像這些主人們對待他們動物的愛，從書中的點滴，可以讓我們了解，對待動物，就像對待我們所愛的人，只有用心關懷與付出，才能在過程中真正學習與感受到什麼是生命之間的快樂、滿足與最真摯的愛。

"It is the time you have wasted for your rose that makes your rose so important."就像《小王子》書中說到，是因為我們所付出的時間跟用心才讓這朵玫瑰花如此重要與特別。在此推薦給讀者這本《４腳＋２腿——Bravo 與我的２０條散步路線》，讓我們享受帶著家中寶貝們出遊的樂趣，也學習從付出中尋找到這份屬於我們自己的特別，並從互動中了解生命間最真誠的愛！

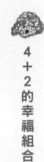

4＋2的幸福組合

譚艾珍
愛護動物與環保蔬食志工

以下數字組合是我個人的感受

2＝膽怯、偷懶

2＋4＝健康、快樂

2＋4＋4＋4＋……＝勇氣、探險、驚奇

像我這樣小不點的女人帶著好幾隻四條腿的（兵），哈哈哈，就算半夜走在烏漆嘛黑的山路竟然是「蝦米弄無驚」喔！這種感覺還真的是很懷念。

這兩天颱風，我特別站在從前每天帶毛孩子散步的山路口，看著被風吹得像跳街舞的大樹，心中想到當時為了我的四條腿毛孩子們就算是大颱風依然要進入山中餵食及散步的情境……抱歉！在此不容贅述，有興趣可參考《艾珍媽咪和動物貝比》第兩百二十二頁火爆浪子阿娜達的故事。但是，現在這份勇氣一點兒都沒有了，應該說沒有那股勁兒咯！這就是2＋4＋4＋4＋……＝勇氣、探險、驚奇吧！回想起來真的好感恩阿娜達、小美、白雪、秀秀這些動物貝比讓我享受過充滿驚奇的每日一遊啊！

當然現在家中還是有四條腿的毛孩子——兩隻貓，你想叫牠們陪你出門？門兒都沒有。我有試過，結果「慘叫加閃尿」的狀況讓我決定不要自找麻煩了，就讓小布姊弟當宅貓吧，只是百思不解牠們當流浪貓時沒這麼「俗納」呀。因為工作常出遠門的關係無法再照顧旺旺毛孩子，只好晚飯後自己健走了。當然，沒有旺旺毛孩子期待的眼神，很容易就偷懶地告訴自己明天再走吧。這就是我說的2＝偷懶哦！

常常在健走時遇到2＋4的鄰居們，大家以狗會友真是很有意思。有狗爸、狗媽，也有狗阿公、狗阿嬤，比較有趣的多半是2＋4的阿公和阿嬤。隔壁巷子一位瘦小的阿嬤每天牽著一隻壯碩的大黑狗，一邊哈哈笑、一邊叫罵、一邊拉著跑，是「4腳拉著2腳跑」喔！如果阿嬤沒有大聲罵的話，4隻腳再跑快一點阿嬤就會變成風箏飛起來啦！我家對面五樓一位胖胖阿公每天最開心的就是帶著和他長得超像的牛頭犬胖阿孫出場作秀。牛頭犬胖阿孫有一櫃子的服裝，有時扮小白兔、有時候是超人、甚至還有豪小子的球衣。胖阿孫不管穿什麼服裝都會背著可愛小背包，因為裡面有清理便便的衛生紙塑膠袋等用品喔！看著這一對胖胖2＋4祖孫感覺真是好幸福。但是，住在巷子頭一位八十多歲的獨居阿嬤就讓我有很深的感慨。十五年前開始她每天黃昏帶著短腿巴哥犬孫子走好長一段路，天氣好時還要去爬附近的象山。不知不覺一晃就十多年，阿嬤多了雨傘當拐杖，每天兩趟從五樓慢慢走下來逛一圈後又吃力地爬上五樓，就算是下著小雨這對祖孫穿上雨衣也要走一圈，阿嬤說要預防老阿孫腿子退化。我每天會很期待看著1（雨傘）＋2（阿嬤）＋4（老阿孫）搖搖晃晃地走著，也常常會與開朗的阿嬤聊聊天。有一天遠遠看見「1＋2」但是沒看見「4」哦！阿嬤說老阿孫上天了，畢竟十五歲的老狗等於人類差不多九十歲了，雖然大家鼓勵阿嬤還是要出門運動，但是阿嬤說懶得走囉。後來聽說阿嬤的小女兒把她接去照顧了。雖然，我目前出門沒有2＋4，但是為了幫街貓餵食，還是得上下五樓（老公寓沒電梯），邊走、邊餵、邊和鄰居開心聊天，也算是4隻腳讓我健康快樂的功勞吧。

在這本書中真是很謝謝Bravo「4」與牠的「2」腳侍衛帶著大家逛都會區喔！我們平日逛來逛去都在社區或山區，因為要打入都會區的社交圈可是得上禮儀課的。Bravo 示範了在家中及在外面的訓練課程，還有出門時如何準備用品、水碗、小點心，感覺好像小朋友郊遊探險喔！他們這組2＋4開發了二十條都會區散步路線，更介紹了很多在走累時能坐下喝杯咖啡的店家。大家一起跟著 Bravo 學習如何打扮得乾淨漂亮優雅地出門散步交朋友吧！

愛貓人也抗拒不了的 Bravo

呂靜雯
VOGUE 雜誌副總編輯

我超愛這本書名的，光看《4腳＋2腿》的組合，腦袋裡就出現了許多充滿幸福的畫面。

拜讀內文之後，更羨慕 Bravo 和主人 Gayle 之間深厚的感情。

在寫這篇序文時，我的貓白蘭弟正蜷伏在窩邊的一角，以頭部往旁斜側三十度來斜眼睥睨著我，絲毫沒有想討我歡心的念頭。

養貓的人每每在看到狗與主人的關係時，會感覺自己的內心正質變成一塊留有許多空洞的起士，尤其是——獨自出門散步的時候（貓不是拿來遛的）、你想抱牠卻撲空的時候（主人幹嘛沒事靠近我）、叫牠的時候（牠會瞄你一眼已是恩寵）。等等等……，無數讓你覺得自討無趣、有點悲涼的時刻。

當然，養貓有別種難以言喻的樂趣，但就像是面對一言難盡、看起來和實際上差很大的分子料理，品嚐之後突然看到隔壁在賣熱騰騰、暖心又暖胃的烏龍拉麵，那種愛犬和狗主人之間的情感熱度，永遠令人稱羨。

在看 Bravo 的故事時，還讓我突然想起了許多年前在日本的一件往事。我經過一間名叫 Dog 的店，但是裡面賣的東西和狗一點關係也沒有。這不是寵物用品店，而是服飾店，但為什麼取這個名字呢？我好奇的問店主人。因為 Dog 和 God 是同一個字呀，只是拼法反過來而已。店主人笑笑著說。

Oh My God！或說是 Oh My Dog！養貓的我又輸了。或許正因為如此，在狗兒身上總是能看到許多上帝想提醒人、讓人變得更好的特質，比方說忠誠、愛人甚過自己、知足常樂。狗兒成了我們的借鏡，人不如狗的地方實在太多，值得「以狗為師」的地方也很多，書中字裡行間都有 Bravo 帶給大家的啟示，向 Bravo 學習，你也會變得很 Bravo。

雖然自己沒養過狗，但我身邊總不乏養狗的家人與朋友，白蘭弟就有家族輩分中的表哥表弟，分別是雪納瑞和馬爾濟斯。狗能帶著我們重新認識世界，帶狗去散步的時候，牠止步低嗅，你發現了一朵野花藏在草叢中的美好；牠快步彈跳，一隻蝴蝶隨之翩翩飛出。隨著狗兒的步調，我們看到了一個自己不曾注意到的小宇宙。

僅管我覺得自己已經算是一個喜歡散步的人，但當我看到《Bravo與我的２０條散步路線》，還是覺得心神嚮往，很有收穫，裡面不但有自己忽略掉的景點，還有這些路線中有趣的店家介紹，令人很想一試，或說不定在這些足跡中會巧遇Bravo，這種不期而遇，多麼的Bravo。

因為周圍愛狗的人太多，我聽過好多感人肺腑的忠狗故事，電視和網路上不是也充滿了類似的情節？例如主人生前是警察，但死後狗兒還會在主人生前固定巡邏的地點徘徊，希望能遇到主人，直到自己也死掉的一刻……。這些即使面對生離死別、狗兒也對主人不離不棄的故事，每次都賺到我不少血淚，我自負看《鐵達尼》這類電影都能笑著離開，可是唯獨「狗」是我的一大罩門，至今不敢看《忠犬小八》。不過多數時候，我們更希望和自己的狗兒譜出的是溫馨小品而不是這麼戲劇化的情節。我就曾經聽過一個羅曼史，是因為流浪狗牽起的緣分，女孩把流浪狗送去狗醫院，然後和治療狗兒的醫生越聊越投緣、最後結為連理，好心有好報、千真萬確啊，可不是唬弄瞎掰，不相信我的人，私底下我再告訴你詳情。

擁有一隻狗，不但牽起了你和這隻狗的緣分，有時還會觸動更多你與人間美好的緣分，形容牠們是靈魂嚮導，也不為過。

Bravo和Gayle讓我更確信這想法是對的。曾有人說「不論你的錢與財產有多少，擁有一隻狗，你就更富有。」這句話實在太有道理了，中國古諺也說「狗來富」，不管是實質上或心靈上。

我想，由一個養貓人士來執筆寫這本書的推薦序，應該是Bravo要透過與God的連結，從宇宙傳遞秘密並賜福給我。

Bravo！不管是好的男人還是錢，我都會樂於接受。

愛狗的傷腦筋堂妹

王勢爵
(Jeffrey S. Wang, D.V.M., M.P.H)
Petcare Animal Hospital, Los Angeles, California 院長

我是第一次替人寫序。

印象中這是德高望重的人才會做的事。呵呵！什麼時候我也變得德高望重？年紀和體重是有一些了，其他兩項實在談不上。我會被指定這項任務大概是我跟作者一起長大吧（嗯！她是我的堂妹）！而且說跟她一起長大好像可以把自己塑造得比較年輕一些，好過說我看著她長大。

先談一談作者好了。我一直都叫她「傷腦筋」，因為她從小就豐功偉業不斷，很多出人意表之作。我曾聽叔叔說過，她在紐西蘭留學時，去考駕照，因為聽不懂考官說什麼，乾脆從包包裡掏出字典機，直接給考官，叫他自己按，再看翻譯出來的結果。如果是遇到我這種壞脾氣的考官，大概就請她下次再來了。不過人家也是這樣念完回來了（生命總是會找到出路的）。我們如果有共通點，大概就是我們都很愛狗。嚴格說來，她比我還愛狗。我只會把在學校午餐吃剩的飯、骨頭等，在放學回家的路上餵流浪狗（餵骨頭是錯誤示範，年紀小時不懂事，大家不要學）。我這個寶貝堂妹是直接把午餐的錢拿到便利商店買便當去餵流浪狗。我雖然從小立志做獸醫，考大學時把台大獸醫填第一志願，後來也如願進去了，但畢竟是把興趣跟職業做了一個結合。而我這個寶貝堂妹，是在有一分穩定的工作時，決定辭職不幹，去投入一個跟寵物相關的行業，完全是未知的世界、辛苦的行業。某些方面又令我不得不佩服。

她書裡提到的地點，我一個都沒去過，但是你可以感覺到，在這個繁華的水泥叢林中，竟然有這些讓你忘掉塵囂的安靜角落。我並不看好這本書能登上暢銷書排行榜，因為它並不迎合現在人要的東西，沒有噱頭、沒有功利。再說下去會被家族裡的長輩K頭了。但是書裡面你會發現好久不見的一份純真——她跟動物之間的感情、她的用心。

我向來拙於言詞，就不再佔篇幅了。

敬請您細細品味。

目次

額外加送篇

1

狗狗與你都準備好了嗎？

1 狗有超能力

造物者應該有對狗狗特別好，要不然為什麼祂讓狗狗長得這麼可愛？不管這隻狗狗是暴牙、還是口水流個不停，當你看著牠們圓滾滾、像嬰兒一樣的眼睛時，再兇悍的硬漢也會馬上被融化。

他們有這樣的超能力，我仔細分析，應該是上帝賜給牠們一顆最善良的心吧。你可能有聽過很兇的狗狗，但是應該沒有聽過「很邪惡」或是很會「算計」的狗狗吧！（如果有的話，請來信告知，我會幫你把這 case 提報給《報告狗班長》，西薩應該會很想為你做個特別節目吧。）

狗狗有超強的溝通能力。

牠們比人類進步。

牠們所使用的語言，到哪裡都能通。

你有沒有看過《報告狗班長》到北歐或到新加坡作的節目？這些狗狗

碰到西薩好像每隻都會英文一樣，每隻都聽得懂西薩在說什麼，溝通無障礙。真不知道牠們是怎樣辦到的？還是狗狗都有一台像翻譯機之類的裝置，可以接收我們要表達的訊息？還是牠們可以讀我們的腦波？

我們光要學一種新的語言就要去上個好幾年的課，但是狗狗卻都不用。如果牠們可以教我們如何學外國語的話，應該會削翻了！

狗狗的超能力還有好多。例如，牠們超有效率、超直接。牠們只要互相聞一聞，就知道你是打哪裡來的、是個什麼樣的角色、我們合不合得來。人類就沒有這種能耐。如果有的話，以後面試或交朋友就簡單多了。把人約來，什麼話都不用說，大家互相聞一下，就知道合不合，快速又有效率，一點都不浪費大家寶貴的青春。

如果我們可以像牠們這麼有效率的話，世界會簡單許多。

狗狗不只很神奇，其實牠們跟我們也很像。牠們跟我們一樣有感受、一樣有特別和得來的朋友、一樣有喜歡做的事、睡覺時一樣會說夢話、放的屁也一樣臭、牠們也跟我們一樣期待被疼愛。

如果我們願意多了解牠們，我們會發現，其實我們沒有太不一樣。牠們只是毛多了點、口水多了一點。牠們的心地比我們善良很多，也容易原諒我們的愚蠢。那我們的優越感到底是打哪來的？

2 準備出門

話說狗狗有這麼多的超能力，唯一沒有的就是──「拿鑰匙開門」的能力。

如果狗狗可以自己拿鑰匙開門的話，最好每天早上你還在賴床時，牠們自己會開門去散步，回來時還幫你去永和豆漿帶份燒餅油條。

狗狗愛出門散步是與生俱來的，就好比女人愛買鞋子、或為百貨公司周年慶的保養品瘋狂一樣，沒有道理，就是這樣，DNA已經注定一切。

狗狗若一天沒有出門，就好像憋了一天沒去上廁所一樣，坐立難安。做為牠們的主要照顧者，你還是認份點，每天乖乖的帶著你家的毛小孩出去散散步，發洩一下累積一整天的精力。

出門去散步對許多主人好像不見得都是件愉快的事。大多是因為沒有辦法控制狗狗的行為，搞得主人每次出門都好緊張。

有鑑於此，有幾件事可以跟大家分享。一旦具備了這些能力跟工具，希望你們散起步來會更安全也更愉快。當然本人並非訓練師，只是分享我的經驗跟我的土方法。相信一定有許多專家有更好的訓練方式。鼓勵大家都參考看看，看看哪個方式是最適合你跟你家的毛小孩。

關於訓練這部分的知識，本人非常推崇《報告狗班長》的西薩。他不只帥到破表，他就好像狗狗的翻譯，對牠們有深入的了解。在台灣也有許多狗狗訓練學校提供訓練課程，大家也別忘了參考看看。

第一：基本訓練——怎麼樣走路

狗狗對外面的世界永遠好奇，即使這條路已經走過幾百遍，路上還是有很多讓牠們覺得興奮的東西。你如果把牽繩放鬆，狗狗幾乎會蛇行的走，每棵樹、每個電線桿都要聞一聞，而且完全不會看路上來來往往的車子，非常的危險。

讓狗狗學習習慣走在你的旁邊，可以讓你在路上有更多的掌控。這是所有訓練裡最基本、也最重要的一步。如果連走路都沒辦法掌控，在沒有牽繩的狀況下，只會更難掌控你家的狗狗。

我極力推薦大家去研究西薩教主人怎樣帶狗狗散步，而不是被狗狗牽著散步。散步應該是開心的，而不是給你更多的緊張。

第二：口令

已經學會怎麼一起走路了嗎？接下來幾個口令可以考慮試試看：

"Stop"、**"Stay"**、**"Come"**、**"Break"**

學會的話可以讓你們的散步變得比較安全也比較愉快。

"Stop"——這指令是要狗狗瞬間停在牠所在的位子，不要動。

需要牠馬上"Stop"的情況如下：

1. 你跟狗狗在人行道上散步，牠突然看到對面有隻狗狗想要衝出去找牠時。

2. 狗狗下車後亂跑。
3. 跟狗狗在公園玩丟球或飛盤時，玩具飛到馬路上去。
4. 狗狗在路上發現地上有食物，準備大口吞下去。
5. 路上遇到其他狗狗，牠再前進一點好像就會打架時。

訓練方式：（漸進式）

Step 1：在家練習——家裡的干擾比外面少（工具：牽繩、頸圈）

我會使用牽繩與頸圈，讓狗狗在我的左邊練習行走，一起走幾步後我會停下腳步同時說"**Stop**"。牠如果有跟著停住，馬上獎賞牠，摸摸牠的頭或給個零食，適度的獎勵。切記不要讓牠過度的興奮，太興奮的話狗狗可能就無法繼續訓練課程。整個過程盡量不要發聲，只下口令就好，甚至牠的名字都不要叫。

Step 2：在散步／行走時複習（工具：牽繩、頸圈）

走在外面有許多複習的機會。例如要過馬路時（即使你們走在小巷子，還是會有車子跟機車來往），也要練習“Stop”。每次經過路口，再小的路口都要這樣練習，這樣重複練習狗狗就會漸漸了解在過馬路或小巷口前都要先停住，然後要有主人帶牠們時才可以過。

Step 3：到空曠地方

在寬闊的地方，附近沒有人、車、摩托車的地方練習。

這時候已經有一點之前的訓練基礎，可以把這口令搬到空地上練習。

當你覺得牠對於這口令比較熟悉時，可以視程度及環境，解開牽繩練習。

“Stay”——這指令是要狗狗停留在一個定點，等一段時間。

“Come”——讓狗狗過來找你。

狗狗在外上完廁所後，作為一個有水準的主人正蹲下腰在撿黃金時，你的狗狗在旁邊亂跑會讓人很抓狂的。為了避免這種場面發生，你可以教狗狗學會在原地「等待」。

訓練方式：

Step 1：在家練習

讓狗狗走在你的旁邊，到一個定點說"Stay"，然後你走開幾步，狗狗可能會跟著你走。這時你要再把牠帶回去你要牠停留的地方，讓牠坐下，再說一次"Stay"這口令，你再走開。如果牠有在原地等，馬上獎賞。等待時間可以從三十秒延長到一分鐘，漸漸地讓牠了解，這是要牠等待。解除"Stay"這口令，你可以拍拍大腿對牠說"Come"，叫牠過來找你。一樣的，做對時要馬上給予獎賞或摸摸牠跟牠說牠棒透了！

Step 2：在外練習

隨著你的狗狗愈來愈熟悉這口令，這練習可以搬到戶外空地，距離可以稍稍拉得比在家裡長一點。

常常在路上會看到主人叫狗狗過來，但是當狗狗沒反應時，主人就開始追著狗狗跑。頓時間，從"Come"變成"Go"。

狗狗其實是會跟主人的，但是你如果去追牠的時侯，就好像變成一種遊戲，牠會跑給你追，而且牠有四隻腳，你一定追不到。你應該定點站在原地叫牠過來，練習再練習，牠就會知道了。

我的 Bravo 如果把牠放開牽繩，牠會走在我的前面到處畫地盤，但是牠會不時的看看我在哪裡。當牠一看到我往返方向走的時候，牠會馬上飛奔過來。這也是一種練習。

重點：要讓狗狗學著跟著你，知道你才是牠的領隊。（領悟箇中道理，可以自由運用在生活各種狀況上，例：人）

"Break"——牽繩放開時，並不代表狗狗可以自由活動，牠必須等到你的准許才可以自由活動。

訓練方式：（漸進式）

Step 1：在家或戶外的練習（工具：頸圈、牽繩）

戴上頸圈及牽繩，帶著狗狗在家裡走動，定點停住，解下牽繩，站在原地，說"Break"，帶牠往前走或跑、或只是單純對牠示意，牠就可以自由活動了。

訓練狗狗，同時也是訓練你自己。

1. 訓練是要每天持續不間斷的。
2. 狗狗不了解你的意思是正常的——想像如果你被丟到非洲某個部落，語言習慣完全不同，然後馬上被要求要懂得這部落的人跟你說的話，這不是不可能的任務嗎！
3. 千萬不要對狗狗發脾氣——有研究說，狗狗的智商最多也差不多是一個三歲大的小朋友。教小朋友要有耐心，教狗狗更需要。發脾氣只會讓牠們害怕，不知道你要牠們做什麼。

訓練輔助工具：零食袋

當狗狗做對了你要牠做的事，立即的獎勵會加強牠對這件事情的正面聯想。

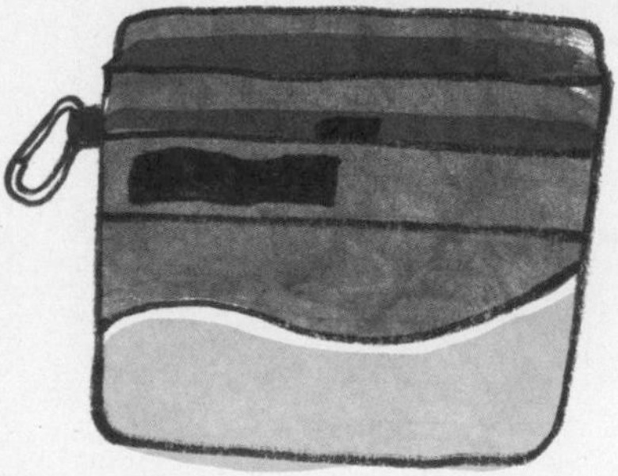

The Yellow Ribbon Project 牽繩上「黃絲帶」運動

- 如果你在路上看到狗狗的牽繩上綁有黃色的絲帶，請不要去接近這隻狗狗。

- 綁上這黃絲帶代表這隻狗狗需要空間。

- 這個活動已經在四十五個國家推行。需要空間的狗狗可能目前有健康的因素、正在進行訓練、被矯正中、或是不擅於與其他狗狗互動。

出門散步時的注意事項

1. 路邊毒藥

台灣有些變態的渾蛋，為了毒流浪動物，會用很有味道的食物拌老鼠藥，把毒藥藏在草叢裡、樹下、空地等等的地方。飼主遛狗時必須時時關注你的狗狗，留意你的狗狗有沒有亂吃地上的食物。

2. 摩托車遛狗嗎？

非常不建議這樣做。狗狗很容易被路上的事物吸引、分心。摩托車一加速時，牠可能沒有馬上跟你一起啟動。

寵物身分登記

1. 晶片

在 Facebook 上一天到晚都有走失的狗狗。飼主們，我拜託你們，帶狗狗去植個晶片吧！

2. 寵物數位時代——Qme 寵物網路身分登記

比晶片更進步的東西。晶片的功用是儲存主人的資料，但是會有掃不到晶片、附近沒有可以掃晶片機器的時候、或是主人搬家資料沒有更新，所以即使掃到晶片也有可能找不到主人。

Qme 就是可以補強這些缺點的產品。基本上就是讓寵物們在網路上有身分證。在頸圈上掛上有 QR code 的吊牌，一旦寵物走失，被撿到時只要用手機掃 QR code 就可以查出寵物的身分。你如果加入他們的 VIP，會有許多其他服務。譬如寵物走失時，主人可以把狀態改成「走失」，Qme 就會啟動協尋網，通知收容單位、政府單位及特約醫院。如果被民眾撿到，掃 QR code，主人就會立刻收到通知，提供你寵物的 GPS 定位。

有沒有很先進！

❶ 掃描：讀取數位吊牌　❷ 登入：建立寵物資料　❸ 保護：掌握寵物定位

QME 寵物社群：http://qmemore.com/qmepet/

第三：出門散步的工具

寵物用品花樣多的很，在這裡跟大家分享我怎樣選擇這些工具。

頸圈

個人覺得選擇條件只有一個，好不好看（狗狗戴起來舒不舒服是絕對要注意的）。

除非你的狗狗有特別的狀況，需要特別的工具輔助訓練 e.g. 有電擊效果的頸圈。要不然，我覺得挑選的條件只有配不配牠的毛色或今天穿什麼衣

服。

其實簡單的工具只要是在有好的能量、有智慧的主人手中，都可以是最好的與寵物溝通的工具。

背心式胸背

背心式的胸背很適合小型犬使用，拉扯時可以分散力量，減少對狗狗頸部的壓力。有的胸背的材質是比較適合冬天的，有些材料比較涼爽，適合夏天，主人們請注意季節變

換，你家狗狗用的東西也可能要變一下，牠會比較舒服。

牽繩

選擇條件一樣是好不好看，配不配頸圈，還有拿在手上舒不舒服。有些主人會買那種可以伸縮的牽繩，我建議在路上行走時還是把牽繩縮短，讓狗狗就在你的旁邊，直到比較空曠一點的地方，沒有車子時，才適時放長牽繩。

牽繩如果放太長，附近又有人、車、其他狗狗等等，離你太遠而有狀況發生時，你會沒有辦法及時反應。

夜間散步——安全夜光頸圈

晚上散步是件愉快的事，吹著徐徐微風，漫步在這城市裡。但是晚間能見度差，除非你的狗狗是白色的，或是生下來就有螢光色的毛，要不然晚上散步時還是多加一個安全

措施，多一個安全，多一個保障。

可以用裝電池會閃光的頸圈，或是這種在暗處會自己發亮的頸圈。安全很重要！

雨衣

即使是下雨天，狗狗還是喜歡出門去放放風，畫畫地盤。除非這天是狂風暴雨的颱風天，不然可以的話，我還是建議幫狗狗穿上雨衣，一起去畫地盤。

選擇條件：

1. 可以透氣的防水雨衣

2. 好看嗎？

狗狗一開始可能會不習慣穿雨衣，我的建議先不要理牠（除非雨衣有卡到哪裡，讓牠不舒服）。我的 Mr. Bravo Wang 剛開始穿雨衣時，走起路來都怪怪的，我沒有理牠，還是帶牠上下樓，出門散步去，牠會漸漸習慣雨衣穿在身上的感覺。久而久之，牠就會知道今天是下雨天，所以要穿雨衣。

水&水碗

出門散步預計可能會超過一個鐘頭時，建議隨身攜帶開水。你跟狗狗都需要補充水分，尤其在夏天。我發現很多主人都不帶水出門，可能嫌麻煩吧。

我每次帶 Bravo 到一個寵物聚集的地方，牠都會大方跟其他狗狗分享開水。牠們一起跑跑跑，一起跑過來大口大口喝水。我的責任就是不停的補給。我們用開水可是交

了不少朋友呢！至於水碗則是看你的習慣。如果你喜歡不占空間的，可以選擇可折疊式。

背包

背包可以加強狗狗的訓練，消耗牠更多的體力。包包裡可以放牠們會用的東西，譬如，撿便便的袋子。在此不建議將手機放在牠們的背包，除非你的是超防水型。很多狗狗雖然不喜歡洗澡，但是在外面看到一灘水就有莫名的衝動一定要去踩，搞得全身濕透透。為了你昂貴的手機著想，貴重物品還是不要交給牠們比較好。

救生衣

夏天吃冰、游泳最消暑了！不確定每隻狗狗是不是生下來就會游泳，保險起見，還是幫牠們準備個救生衣吧！最好選無毒、非PVC材質、浮力是夠的，可以給狗狗適度的支撐，讓牠們游起來比較輕鬆，也比較安全，你也比較安心。

黃金袋

作為一個有水準的主人，撿黃金是最基本的一件事。可以考慮使用可分解的環保袋。說到撿黃金，倒是大家會不會覺得如果路邊的垃圾桶旁有一個專門給黃金用的，會對資源回收的人或清潔大隊的人好一點？至少做資源回收的比較不會意外碰到黃金，清潔大隊也很清楚，這一桶通通都是黃金。

狗狗用安全帶：

繫好胸背，繫好安全帶

狗狗出門都很興奮，坐在車上看著窗外有這麼多的事情發生，興奮指數馬上破錶。讓狗狗在車裡自由活動其實是件危險的事，一個緊急煞車，牠不知道會滾到哪裡去，或是你在開車中牠突然跳到你身上。在車上把狗狗固定在一個座位，對你跟牠都安全，你要繫安全帶，牠也要，就這麼簡單。

第四：出門前的防護（Flea & Tick protection）

台灣有大半年都處於濕、熱的狀態，最適合跳蚤、壁虱、蚊蟲的生長，這些害蟲對寵物健康有害，令人抓狂。市面上有許多很有效的防跳蚤用品，一個月只要用一次，超有效的。但是你知道大多數這類產品是屬於殺蟲劑嗎？國外有些研究關於這類產品使用過後對寵物及家裡小朋友的副作用。我知道我不會因為為了不讓蚊子咬我，而在我自己身上噴殺蟲劑。同樣道理，我也不會用在我的 Mr. Bravo 身上。目前市面上有天然草本的「驅蟲噴劑」可以選擇。驅蟲顧名思義是讓蟲蟲不要靠近，但是沒有辦法殺蟲。這類天然產品的效用大多比不上超強力的殺蟲劑，我還是會選擇天然草本的驅蟲噴劑，雖然麻煩點、

效果差點，但是天然一點，希望對動物們跟環境溫柔一點。

在這建議主人們多了解你使用的產品的成分是什麼，再決定這個適不適合你跟你家的寵物。知識就是力量。還有，如果你的寵物吃得健康，有適當的運動，牠的免疫力自然會比較好，也比較可以對抗這些蟲蟲。

3 小孩有家教 狗狗有禮貌

出門在外要有禮貌才會受歡迎。人跟狗狗都是一樣的。

首先我們先講狗狗上廁所的事。牠們喜歡到處畫地盤，但是你的車輪或是店門口的腳踏墊被畫的時候，應該不會很高興吧。所以主人還是要有點公德心，自己不愛的也不要給別人喔！要讓狗狗知道，不是所有的地方都可以上廁所，牠們也要學習要等你說可以的時候才可以方便。

在歐洲的咖啡廳，你很容易看到主人帶狗狗走進去一起享用一杯咖啡跟美味的甜點。很妙的是，這家店即使同時有很多隻狗，大家還是相安無事，各自跟在主人旁，乖乖坐著。主人喝著他的咖啡、看他的報紙，狗狗就安靜的在一旁休息，享受牠跟主人的咖啡時光。

在台灣，歡迎狗狗一起進去的店家並不多，對於這些願意讓我們帶狗狗進去的店家，我們心存感激。

跟一些店家聊聊，我發現很多店家其實不排斥主人帶狗狗進去店裡，很多自己都有養狗，但是考慮進來的客人可能不喜歡狗或是狗主人沒有好好控制狗狗，讓狗狗在店裡亂跑，會對店家跟客人造成很多困擾。

如果主人跟狗狗都是懂禮貌的好客人，或許以後這種對狗狗友善的店會越來越多。

以下幾件有關禮貌的事。基本上，想像一下如果你是這家店的老闆，你希望你的客人是怎樣的，這樣做就對了：

1. 不要在別人店裡亂吠

這應該是平時就要教的，事實上我很意外有不少主人會放任他們的狗狗亂叫。是他們聽力不好還是他們已經放棄怎麼制止狗狗亂吠？如果是第二的狀況，請記得每週收看《報告狗班長》！記得西薩說過，沒有壞狗狗，只有不懂狗狗的主人。牠們還是有救的！

2. 別在店裡給人家上廁所

3. 別在店裡亂跑

如果進去店家前，狗狗有先帶牠去運動，消耗體力，應該會減少上述不乖的狀況。但是最重要的是，主人可不可以控制你的狗。

4. 請自備給狗狗喝的水碗

地上最好還鋪上一塊小毛巾或是紙巾，因為狗狗喝水時會噴到到處都是，地上濕濕的容易讓路人滑倒。這可不太好吧！

5. 狗狗別去騷擾別人

不要對其他客人造成影響，別的客人來這家店消費，也不希望被打擾，除非這客人主動來找你的狗狗玩。

6. 狗狗不會對其他在店裡的狗狗兇

這還是回到平時的教育，教得好就身心平衡。

你的狗不可以在別人的地盤上撒野，看到別的狗進來就不爽。

如果在咖啡店裡看到兩隻狗在互相狂吠或打架，你覺得店家下次還會讓帶狗的人進來嗎？

其實只要設身處地替他人著想，做個體貼店家的主人，你就會知道要怎麼做才會是個受歡迎的好客人。

2

Bravo與我的20條散步路線

1 因為 Bravo，這城市變得更有趣

看過 Totoro 嗎？我最愛的卡通。裡面有一首歌，歌詞是從小女孩的角度出發的。裡面唱到「走走走，我的精神好好，我最喜歡出去走走走，我喜歡出去冒險，我有好多好多朋友。」這首歌很適合作為 Bravo 的主題曲。牠跟那小女孩一樣喜歡出去冒險，一樣有好多朋友。

在我跟 Bravo 散步的路上，我們認識了好玩的人、了不起的動物。如果沒有 Bravo，我不可能隨便在路上跟個陌生人聊天，會的話可能也沒有人要理我吧！Bravo 拓展我的視野也拓展我的社交圈，牠讓散步變得更有趣。

當你養了動物，你就是牠生命的全部。你決定牠這一生過什麼樣的生活、你決定牠會不會是隻快樂的動物、你決定牠的一切。當你有這機會，

為何不好好的為牠製造美好的記憶，讓牠說夢話時都會說「今天真是有趣的一天！」。

2 一旦你給小狗取了名字後……

在過了好幾年沒有狗狗的生活，懷疑自己是否可以再接受另一隻狗狗，因為 Sido 是這樣完美，不可取代的。

生命中總是有意外。

一天的週六晚上，Bravo 出現了。

我在住家附近的公車站牌遇見牠，一隻圓滾滾的小肉球，在人行道上到處亂走，很認真的在到處聞東西，好像是有任務在身的緝毒犬。

也不知道牠是從哪冒出來的。

平常晚上太晚我是很懶得出門，但是那天是我麻奇 Zoe 的生日，怎麼可以不到呢！所以洗完澡後還是乖乖出門去。誰知道一到公車站牌就看到這坨毛茸茸的肉球在那亂竄。我怕牠跑到車來車往的馬路上，一把把牠抓起，開始詢問附近的人、店家、大樓管理員，看看有沒有人知道牠是打哪來的。結果，沒有人知道。

已經把牠抓在我手裡了，這時候該怎麼辦？把牠放下？思考了零點五秒後，我想既然已經把牠抓在手裡了，怎麼可以就這樣隨便放掉！

這時候公車來了，我心想是把牠帶去給 Zoe 當生口禮物嗎？

這朋友每天可以吃同一號的麥當勞早餐，對她來說可以提供熱量的東西就是食物，吃東西的目的是維持生命，最好每天需要的熱量可以變成一顆大補丸。她無法分辨食品的好壞，她認識的蔬菜不出三樣，她的運動叫逛街跟按摩，她的拿手好菜是煎牛排（這是唯一大家吃了不會中毒的東西）。

營養跟運動這個概念離她太遙遠，要寄望她照顧一隻小狗顯然不是個好主意。不是她把狗狗搞瘋，就是她被狗狗弄瘋。Bad Bad Idea！

把牠送收容所嗎？喔那更不可以！

你以為收容所可以收容牠一直到牠終於有天被好心人收養嗎？並不！進收容所後，牠如果沒有被其他動物感染，牠如果還有得到適當的食物，牠或許有機會可以在這地球上撐個十二天，然後如果沒有有緣人來認養，那牠在這地球上的旅程就會在這第十二天結束。想要有更多的了解，可以去看《十二夜》這部電影。

於是當下我開始瘋狂的打電話，問誰可以收養這隻狗，但誰會在沒看過這隻狗的當下馬上答應我？加上牠又不是什麼叫得出來的品種。

接下來的幾週，身邊朋友很認真的幫我尋找可能的好飼主，並且也在Facebook上狂貼訊息。最後有好朋友Regina她遠在高雄的修女姑姑那邊，有好心的修女願意幫忙；還有Angela、Stafi的朋友的朋友的鄰居的朋友等等。大家都很願意幫忙。

但，這都來的太晚了。因為在把牠抓起來的那一刻，牠就是我的狗狗兄弟了。

錯就錯在我一見到牠的那一刻就給牠取了名字——Bravo。

人家說一旦你給小狗取了名字後，牠就是你的了。果真！不信的話，下次你試試看（你可以從小的東西開始試試。例如：包包、衣服。真的是屢試不爽！我衣櫃裡那一些塞不進去的衣服都是這樣被我帶回家的）。

狗狗就是讓人這麼喜歡，牠們好像生下來就知道怎麼跟自己相處、跟這世界互動。牠們非常自在、非常的陽光、非常的禪。

聖嚴法師對禪的解釋是這樣說的：

「禪的思想是：空靈、開闊、明朗的人間清流」

「禪的生活是：積極、自在、簡樸、自適的安心方式」

牠們看到食物的時候都很積極，把牠們會的所有特技都表演一遍。牠們很自在，口水兩條掛在嘴邊也不會影響牠們玩耍的快樂。牠們很簡樸，只要每天有適當的飲食跟運動，牠們就很滿足。牠們很自適，不管你覺得牠長得可不可愛，牠會用牠覺得最舒服的方式生活。

狗狗讓人喜歡的地方還有好多好多——

牠們的直接，牠們不知道什麼是做作。

牠們的善良，牠們只看得的陽光的那一面。

牠們的誠實，牠會告訴你是怎麼樣的人。

牠們的直覺，不管你今天的名聲有多顯赫，牠可以馬上嗅出你是好胚還是壞胚。

牠們的義氣，你如果欺負牠的朋友，牠一定會教訓你的。

牠們的心很寬，不好的事，已經過去了，這一秒重新開始。

牠們的熱情，牠們總是很高興看到你，即使你們天天見面。

牠們身上沒有恨。

牠們給的愛是無條件的。

我期待有一天，我也可以更像牠們（除了亂舔東西／人這個能力之外，這會馬上讓我被踢出人類的社交圈）。

Bravo，我的兄弟（拍胸脯！）

Bravo的第一位老師：一群臘腸狗

狗狗來到家裡第一件事通常是教牠去哪裡上廁所。這件事我從來沒有教過，Bravo就知道要去尿布上如廁。很厲害吧！

教狗狗最好的老師就是狗狗。

Bravo出現的那一晚，我一下子不知道要怎麼處理，所以拜託附近的開心果寵物美容的魏小姐幫忙，請她清潔美容一下Bravo，順便收留一晚。

魏小姐養了十幾隻的臘腸狗，店裡地上放了一大片尿布，她的狗狗都知道要去那裡上廁所。這些臘腸狗教Bravo上廁所就要去尿布上。

隔天我把洗香香的Bravo接回家，也買了一包尿布鋪在地上，Bravo自己就會去那裡方便。從來沒有例外過，超神奇的。

狗狗跟人一樣，是會被身邊的環境影響。

如果要讓你的狗狗更有教養，那就幫牠找個有教養的狗朋友，創造一個有禮貌的環境。

Bravo 是義大利人！

Bravo 的熱情很有感染力，每個人看到牠都會被牠的傻氣弄得哈哈大笑。這種能力只有狗狗才有，牠只要做自己，就會很有趣。好像看豆豆先生一樣，他們一樣都不用語言，但是都有豐富的肢體動作跟表情來傳達他們的意圖。每隻狗狗都是默劇大師。

Bravo 超喜歡牠的乾爹阿威與乾媽 Ivy。有一次好幾個月沒有看到乾爹乾媽，牠看到他們時超高興的跳圈圈，嘴裡還哇哇的念念有詞，像是在罵我，或是質疑他們為什麼這麼久沒有來找牠，而且還罵很久。其實我們很懶，偶爾用 Whatsapp 或 Line 聯絡聯絡就算關心對方了。但對狗來說，要維繫感情，一定要見到面，聞到你才算。

我的朋友——Antonello，每次碰面都不免要被念好一陣子，為什麼這麼久沒聯絡。

這點 Bravo 跟我的義大利朋友 Antonello 真的很像。Antonello 完全不能理解為什麼我跟他太太 Maggie 自詡為好朋友，但是我們卻沒有每個禮拜見面。對他來說，是好朋友的話，就應該每個禮拜都要見面，一起煮東西吃、一起喝酒、開心的聊天、大聲的唱歌（或是聽 Antonello 開演場會。他之前是職業歌手，在他跟老婆開的 Ciao Bella 餐廳裡，心血來潮時，就會從廚房跑出來高歌好多曲。台下反應越熱烈，他就會唱得越 high！切記：聽眾如果太 high，Antonello 真的可以一直一直唱下去）。

我們應該活得更像義大利人，花更多時間跟我們在意的人一起吃飯、喝酒、聊天，享受我們一起相處的時間。La Dolce Vita！

第一次帶 Bravo 去 Ciao Bella 找 Antonello 跟 Maggie 時，他們問我狗狗叫什麼名字，我說「Bravo」。Antonello 問「為什牠的名字是形容詞？」（意思是義大利文的太棒了）

見了幾次面之後，Maggie 用她那招牌的爽朗笑聲跟我說「Bravo 沒有真的 Bravo，哈哈哈哈哈！」

啊我就「報告狗班長」才看完第二季而已！

男人與小狗對話中，只有他們最懂彼此。（請注意，Bravo 懂義大利文，也懂濃濃義大利腔的英文！）

就是被這張臉給融化的

Bravo 走路超會扭

路人：「你家狗狗一定是女生！」

我：「為什麼？牠是個男生！」

路人：「因為牠屁股超會扭的！太騷了！哈哈哈！」

Bravo 走起路來，腰跟屁股很會扭。左右左右搖擺，完全不輸鄭多燕有氧舞蹈裡的瘦腰動作。

Bravo 超膽小

Bravo 個性開朗，對外面世界一向好奇。

除了以下的東西之外：

一．貓

Bravo 明明就跟家裡的貓大哥 Toro 感情很好，但是不知為什麼到了外面就變了樣。牠可以遠遠的就嗅到前面有貓，然後快速的閃開。

你如果在路上看到一隻近二十公斤重的狗狗被小牠好幾倍的貓追著跑，那應該就是我的 Bravo。

進入黑貓管轄路段

Bravo 閃到牆邊，恨不得可以馬上變成壁虎，爬上天花板去。

Bravo
Toro
後面有怪獸？是誰？是誰？
又是你！為什麼都不怕我！
很煩人耶！
幹嘛這麼愛黏我！

二·摩托車

不是有那種很帥氣的摩托車，旁邊還有個座位可以載人的那種，就是蝙蝠俠載羅賓的那台。騎那種摩托車帶狗去兜風的畫面應該很好看吧！改天應該讓 Bravo 看一次蝙蝠俠的電影，看牠是否可以為了那帥氣的畫面進而克服對摩托車的恐懼。

三·突然掉在牠身上的落葉

Bravo 很敏感，任何突然碰到牠的東西都會讓牠嚇到彈起來。

四·比蒼蠅大、會飛的、跑很快的昆蟲

Bravo 不是對所有的昆蟲都害怕。牠看到蒼蠅時會跳起來用嘴巴捕捉，不過目前的成功率是百分之零。至於比蒼蠅大的昆蟲，像是甲蟲或是會飛的蟑螂，Bravo 跟許多女生一樣，會被嚇得花容失色。

五·基本上除了狗之外的動物。例如：老鼠、公園裡的鵝。

應該說，任何會讓女生尖叫的爬蟲類或會動的東西，也會讓 Bravo 尖叫。

西薩說狗是你的鏡子，我開始反省 Bravo 的膽小是在反映我性格的哪個部分呢？

Bravo 會尖叫

有聽過狗狗尖叫嗎？不是吠吠，是尖叫喔！

Bravo 偶爾會便秘，蹲了很久還是沒有下文。看牠使出吃奶的力，表情超認真，但還是拉不出來，然後牠就會開始尖叫。可以想像牠的痛苦，大不出來時，任誰都想尖叫。（解決便秘小偏方：西瓜，但切記不要給太多，一小塊就好。吃太多又怕拉肚子。）

一直搞不懂為什麼說「吃奶的力」而不是說「吃肉的力」，難道吃奶會比吃肉更有力氣嗎？

Bravo 會伴唱

有專家說狗狗嚎叫是為了要吸引在遠處的同伴。

台大是我們最喜歡去散步的地方之一。那天好幸運，剛好碰到烏克麗麗音樂節，學校請來日本大師表演。大家坐在草地上，懶洋洋的準備欣賞大師的琴藝。但是，就在演奏一開始的時候，也是我們該閃的時候。**Bravo** 被音樂感動的跟著一起「ahhhhhhh woooooooooo woooooooooo」牠好投入，叫牠閉嘴都不理我。

不知道 Bravo 是不是想要引起日本大師的注意，希望被邀請上台一起表演？

Bravo 坐車車

Bravo 幾個月大時第一次坐車。去程時坐公車、計程車，有點緊張，但表現良好。到目的地時，剛好遇到也有養狗狗的朋友，那也是牠第一次學習怎麼跟其他的狗狗互動。牠們玩得很起勁，也喝了很多水。

回程時，朋友好心的載我們回家。Bravo 很乖的坐在我的腿上，一路上很安靜，直到快到家時，牠突然坐起來，左右看看，深呼一口氣，下一秒，嘩啦嘩啦的噴泉湧出！牠把剛剛喝的水跟亂吃的草都給吐了出來。吐到我的褲子上，也毀了朋友的高級轎車座椅，真是讓我不好意思到想去撞電線桿。

那次經驗後，我很久都沒有帶 Bravo 坐車。直到去年夏天，我覺得 Bravo 身為島民，就必須要認識海。所以我約了住在附近的 Alison 一起帶 Bravo 去海邊。這次我還特別選下午出發。我想 Bravo 的早餐應該消化的差不多，要吐也吐不出什麼。結果，目的地還沒到，又吐了。

忍著車上陣陣飄出吐出來狗飼料的餘味，我們還是撐到三芝的海邊（Alison，辛苦了！）。

Bravo 下車後馬上恢復活力，跟著我們走到海灘。牠不愧是海島的島民，我們踩海水，牠也毫不猶豫的跟著踩，好像很喜歡浪打過來的樣子。

現在 Bravo 很喜歡坐車，但是口水噴得超誇張，好像剛才下過大雨似的，窗戶忘了關。

現在你如果把車門打開，牠會自己跳上車。因為牠知道我們要去海邊踩踩水、曬太陽、認識陽光 beach boys and girls 啦！

Bravo 氣呼呼

氣呼呼這形容詞好精準喔！

Bravo 被我罵的時候，牠的嘴巴會像氣球充氣、洩氣那樣，鼓起來、消下去，呼呼呼。其他狗主人看到時都會問我牠怎麼了，我都會說「牠在氣呼呼」。

Bravo 開心好容易

要讓 Bravo 開心，只要這幾件事

1. 食物

從來沒有見過像 Bravo 這麼愛吃的狗狗。牠不僅喜歡一般我們知道的肉類，基本上可以吞下肚的食物，牠都不會拒絕。例如：紅蘿蔔、芹菜、小黃瓜，水果就更不用說了。

Bravo 應該要更早就在我生命中出現的。小時候如果有牠的話，牠就可以輕鬆的幫我解決許多跟我不合的蔬菜。

每天要餵牠吃飯前，我一定會讓牠坐好，四眼對看，等我點點頭之後，
牠才可以開動。所以牠養成坐好好等食物的習慣。

喔！這家看似普通的早餐店，蛋捲可
是煎得比很多賣 brunch 的店還好吃

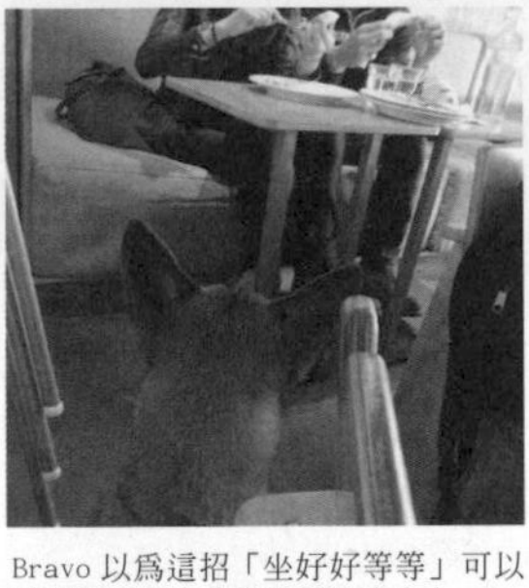

Bravo 以為這招「坐好好等等」可以
應用在所有有食物的陌生人身上……

雖然 Bravo 這麼愛吃，但是牠從不吝嗇分享食物給其他的狗狗。牠咬到一半的零食掉到地上，被朋友吃掉，牠也不會生氣。

有天，我們有幸受邀參加一隻叫卡布的狗狗生日趴。每隻狗狗都有一塊為牠們特製的狗狗蛋糕。這麼高級的食物，Bravo 可是沒有嚐過。牠研究了一會兒才稍稍了解要怎麼吃，但就在牠抬起頭看旁邊時，牠的朋友馬上一步過來，一口把牠的蛋糕吃掉。Bravo 很淡定的停了兩秒鐘，看了我一眼，繼續去找朋友玩（也有可能牠覺得太丟臉了，不敢張揚。就像我們在路上跌倒時也會快快爬起來，裝作沒事繼續往前走）。

Bravo 教我的事

當你的東西硬被搶走時，就放下吧！因為它已經回不來了，即使回來也變了樣。

2. 認識新朋友（有毛或沒毛的 i.e. 狗或人）

Bravo 很喜歡認識朋友，也很容易跟大家變成好朋友。牠的親和力比政治人物強，因為牠不虛偽。牠聞過你，就一定記得你。牠如果去選總統的話，一定會凍蒜凍蒜！而且牠不會說謊！這在政治人物裡是絕對找不到的。

牠如果喜歡你，就會毫無保留的讓你知道。

我常常聽到狗主人對我說「嘿！奇怪，我們家的狗狗平常都不跟其他狗狗玩，怎麼可以跟你們家的 Bravo 玩的這麼開心？」

「真的嗎？我們 Bravo 真的有那麼神奇嗎？」

或許我們 Bravo 真的有那麼神奇。牠跟好幾隻「號稱」不喜歡狗的狗變成了好朋友，好到那種平常對其他狗狗都很兇，但是跟 Bravo 變成朋友後，牠們見面時是會高興的飛奔去找對方。牠就是有能力把其他狗狗的友善面帶出來。

或許是牠夠自在、放鬆。牠不強出頭硬要當老大，牠對大家都一樣。

如果你一開始不喜歡牠，也沒有關係，牠不會硬要跟你當朋友。等你嗅出牠的心地善良又單純，你就會想要自動靠近牠。

觀察一：

好像那些被打扮越誇張的狗狗，越是喜歡亂吠吠，有可能是主人給牠超多的優越感，讓牠在路上看到別的狗就不順眼。常聽主人驕傲的說「我的狗不認為牠是狗。」聽起來有嚴重的身分認知危機。

觀察二：通常主人越緊張兮兮，狗狗也差不多，真的是什麼人養什麼狗。果子掉落的地方不會離樹太遠（fruit don't fall far from the tree）。

Bravo 教我的事

● 作自己，交朋友

智者 Iyanla 曾說過，如果你假裝成別人去認識朋友，那別人就會以為你就是那個你假裝的人，在交往的過程你會開始失望為什麼那個人不是你想要的人，因為你開始變回你是誰，對方開始不認得你是誰。最省力的方式就是做自己。

● 尊重與接受我們的不一樣

每個人跟別人互動的方式跟步調是不一樣的，你如果願意給對方空間、時間，用他／牠的方式來認識你，你就有可能交到一輩子的好朋友。

3. 盡情的奔跑

脫掉牽繩在草地上盡情的奔跑是 Bravo 最愛的活動之一，即使沒有狗狗陪牠玩。脫韁的牠很享受草地踩在腳下的感覺與草地的味道，更鍾情於盡情奔跑後，大口喝水的豪邁。

4. 我丟牠撿——丟球遊戲

各個物種都有改不掉的天性，狗狗天生就是對會快速移動的東西有興趣，那是牠們獵物的天性。所以在這提醒飼主，如果要把狗狗跟兔子或是鳥養在同一個空間，那真是考驗天性又折磨的事，我個人非常的不推薦（除非你的狗是像 Bravo 一樣，對於非狗或非人類的動物都害怕的話，那你或許可以考慮，但還是不推）。

丟球是個培養你跟狗狗感情的好方

法之一，也可以藉此運動訓練牠的眼力跟腳力的協調。

讓牠把球帶回來給你，是為了讓牠了解這個遊戲的存在是因為你的主導跟參予才會發生的，所以你有發球權。不過訓練牠把球帶回來之後再放掉交給你，這又是另外一門課程了。

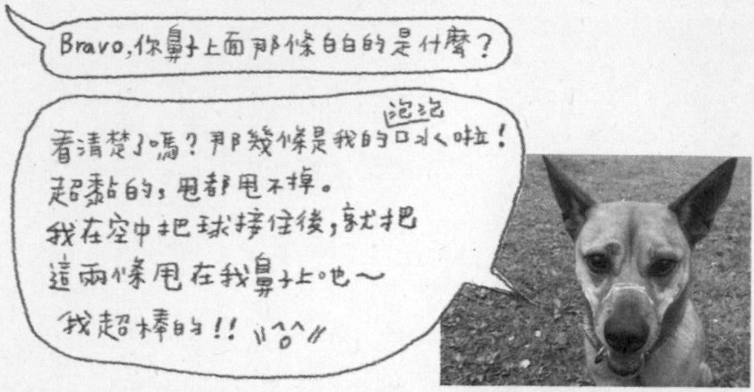
Bravo,你鼻子上面那條白白的是什麼？
看清楚了嗎？那幾條是我的泡泡口水啦！
超黏的，甩都甩不掉。
我在空中把球接住後，就把
這兩條甩在我鼻子上吧～
我超棒的!!

丟球對飼主也是個很好的運動。本人以前不太看棒球，不太明白為什麼投手不用到處跑，投個幾局就體力不濟需要下場休息。直到有一天，我找了塊空地，空地上剛好有類似投手丘的小凸地，我便開始認真的投，看我可以投多遠、多直。才投了約二十球後，我已經覺得我需要休息加按摩了。

通常 Bravo 有比較劇烈的運動後，我回家都會幫牠小小的按摩一下，幫助牠放鬆肌肉！

看！牠活得可是比我快活！

喔！還有，通常 Bravo 出去如果玩得很開心、運動量夠大的話，吃完飯後牠就會很早去睡覺，然後開始說很長的一段夢話！（希望牠是在讚美我今天丟的球很遠又很準！）

提醒一：

我們被教育吃飽過後一、兩個鐘頭後最好不要運動，狗狗也是。所以最好是在吃飯前運動，這樣對健康比較好。

Bravo 教我的事

保持冷靜，不被旁邊的人影響。

因為我跟 Bravo 的丟球運動非常有默契，牠有時還會跳起來在空中攔截，所以偶爾有經過的路人或是坐在旁邊觀賞的歐巴桑會站起來對我們拍拍手叫好，大喊「好球！」（是我投好球， 還是 Bravo 接殺我的快速球？）

但有時候，我們越是在意旁邊的觀眾時，表現的卻越是哩哩落落。我們要學會忽視旁邊人的關注。

現在即使在大馬路上，我跟 Bravo 的訓練還是持續的。即使路人看到我會覺得我怪怪的，但是這一秒，只有 Bravo 跟我的溝通是最重要的。

5. 自己找樂子

任何東西都可以成為 Bravo 的玩具，即使是一塊破布、一根樹枝，牠都可以玩的很高興。牠很懂得怎麼跟自己相處、娛樂自己。有時候看牠自己找東西玩就是我的娛樂。

6. 朋友

話說 Bravo 是義大利人，牠看到老朋友時會一次把這段沒有看到你的思念，一次倒給你，讓你完全感受到牠有多開心見到你，因為牠就是真的這麼開心。

狗狗對於認地方這件事真得很神奇。即使牠已經有一年多沒有去這個地方，但是一旦到了那個牠有感情的地方，牠就會開始變得很興奮，因為牠記得那裏有牠的好朋友，有屬於牠開心的記憶。

今天我帶 Bravo 去 Ciao Bella 之前在台北的地點，想看看牠會不會記得。想不到，都已經過了一年多，就在我們快要到達時，我牽繩一放開（請

咬著樹枝在草地上飛奔，超舒壓的！

注意：是人行道，而且我可以控制 Bravo，在這條件下我才會放開牽繩），牠馬上衝到他們餐廳的舊址。只是牠在門口站了一下，發覺不對。牠的 Antonello、Maggie 還有樂樂不在這裡。牠還是在門口看了一下，確定他們已經不在這家店，因為沒有他們的味道了。

Bravo 教我的事

● 自己一個人獨處時，也可以是很有趣的。Alone 不等於 lonely。
● 懂得跟自己相處，讓你更懂得怎麼跟別人相處。

● 當你真的很開心看到你的朋友時，不需要感到害羞，大方的讓他們知道吧。

● 朋友要多聚會
Antonello、Maggie 在台北時，偶爾我會帶 Bravo 過去 Ciao Bella，但是現在他們搬到台南，要帶 Bravo 去台南就變得有點困難。牠對坐車還不是這麼適應，又沒有夠大的籠子可以帶牠上高鐵。所以如果不是他們上來台北的話，要與他們相見，還真有點困難。
但是，人類們，我們不像 Bravo 有乘坐交通工具上的限制（除了我的朋友 Zoe 之外。她對速度快的交通工具有障礙。不知道如果她跑步跑很快的話，會不會被自己嚇到？），所以好朋友之間真的要常常見面才是呀！

Bravo，很 Bravo!

Bravo 沒有華麗的外表，也叫不出牠的品種。

牠有雙很特別的眉毛，兩個圓圓的點點。

牠有對永遠都洗不掉的眼線（很像埃及人）。

Bravo 不會很多特技，沒有特別聰明，但是牠很會跟人溝通。

牠對任何人、事、物都好奇。

牠帶我認識很多狗狗與有趣的人。

牠帶給我很多快樂。

牠時時提醒我要保持平靜。

牠教我尊重。

牠每天給我很多的正面能量。

Bravo，你的名字取得太好了！你好棒棒棒！

Thank you for feeding me abundance of positive energy everyday!

I love you, brother! You're simply the best!

Bravo!!!

3 Bravo 帶我漫遊台北

有狗的好處多多，其中之一就是你散步的時候有牠的陪伴，牠們會帶你認識很多有趣的人與狗狗。

台北街頭最好玩的地方就是小巷弄，鑽進巷子裡，裡面藏了很多有趣的店，好像尋寶一樣。在我跟 Bravo 散步的路上，我們更認識了這個地方、也認識了很多好有趣的人，只因為有 Bravo 的陪伴。

❶ 路樹比較美麗路線

敦化南路

台北市的幾條林蔭大道是古早時市長高玉樹及市政府顧問顏文龍教授規劃的。顏文龍教授是個藝術家，年輕時待過法國巴黎。我們的仁愛圓環可是有考察過巴黎凱旋門圓環的呢！顏教授在那年代就希望透過公共藝術來影響大眾的美學。台北還好那時候有他，我們才有這幾條稍微可以驕傲的林蔭大道。

敦化南北路是台北市少數幾條樹可以種的這麼整齊的路，兩旁全是台灣欒樹，是台灣的特有種。說到台灣原生種就讓我想到這幾年台灣人瘋櫻花，竟然有公家單位把原有的樹鏟掉改種外來種的櫻花。原生種就是最適合這個地方的土地，它在這裡會長的很好，外來種不見得可以適應，或者會破壞這裡的生態。

我們喜歡去日本賞櫻花，不僅是花很美，吸引我們外國人的是櫻花已

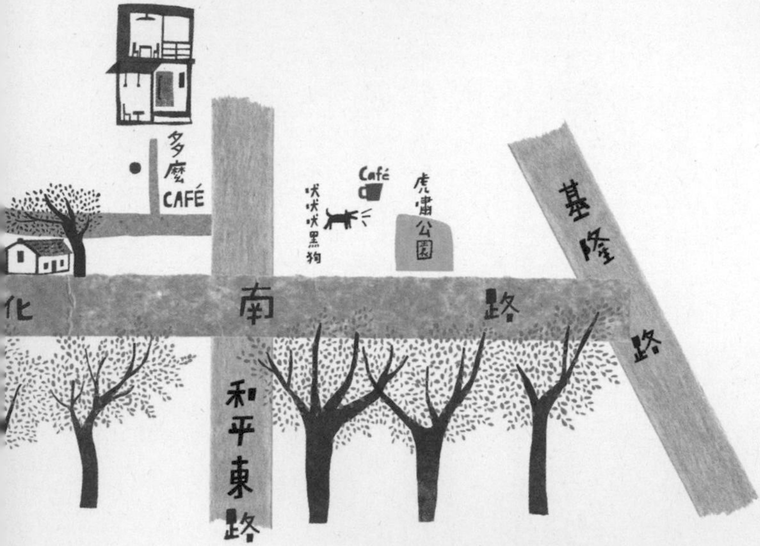

經是日本文化的一部分、生活的一部分，它存在的很自然。台灣種再多的櫻花也不會有在日本賞櫻的氛圍。與其假裝你是別人，何不就做自己就好了。

種滿欒樹的敦化南北路，在季節變化時，整片樹就會一起變色，秋季時結滿黃花，所以又叫“Taiwan Golden Rain”，多好聽。下黃金雨耶！風吹時，花雨飄飄，挺有氣氛的。算是台北最有季節感的一條路。

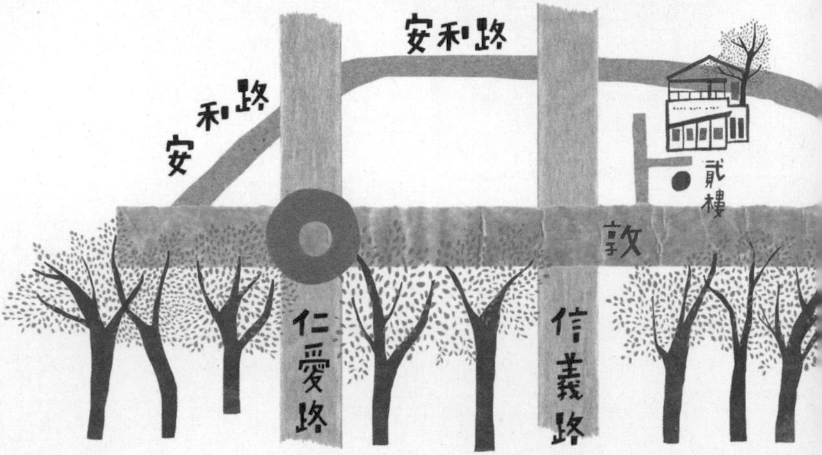

路樹中還有人行步道，樹葉茂密的季節，好像走在綠色的隧道裡，遮陽效果很不錯。偶爾你在樹林裡還可以發現很大隻的夜鷹，應該有四十至五十公分大，不知道是不是從台大那飛來的。

從基隆路這頭的敦化南路開始走，有一個名字很威的公園「虎嘯公園」。不知道這名字誰取的？是以前敦化南路這裡有老虎嗎？走進這公園，旁邊有個街角咖啡店，你如果帶著你家的狗狗，可能會有隻大黑狗在那吠吠吠，但是別擔心，只要不要去招惹牠，牠只會躺在那吠吠，宣示這個公園是牠在管的，就這樣，別在意牠。我跟Bravo 都直接從牠旁邊經過，讓牠吠吠吠，我們走我們的。

繼續往敦化南路走，會看到幾間老舊廢棄的木材平房，應該是屬於後面國防部的《和平新莊》眷村的一部分，很難想像這裡居然有個眷村。眷村不是都會有賣眷村菜嗎？像韭菜盒之類的，怎麼一間也沒看到？

不知道為什麼這些房子會被這樣荒廢，非常可惜。如果把它整理整理，這些老宅會是相當有味道、有魅力的。有很多故事的房子，再新的鋼筋水泥大廈，也不會有這老宅的韻味。

狗狗教我們的事

確定你要去哪裡，就一步一步繼續走，別理會路上瘋癲的人或狗狗。

多麼 CAFÉ

躲在安和路巷弄裡的兩層樓平房，是兩個學設計的女生開的。她們喜歡那種置身在義大利大教堂的廣場前、輕鬆自在閒聊的感覺。因此當初替店命名，就決定取與大教堂的義大利文 "Duomo" 諧音的中文。「多麼」就是這樣來的。

貳樓

這家店的人很可愛，第一次帶 Bravo 去貳樓時，店家自己端上一碗沒有加鹽的炒蛋給 Bravo 吃。那一顆炒蛋讓 Bravo 對這家店的好感度直線飆高。每次經過，牠都很想自己開門進去點那一碗炒蛋。謝謝這個超友善的店家，讓我們有個愉快的早午餐。

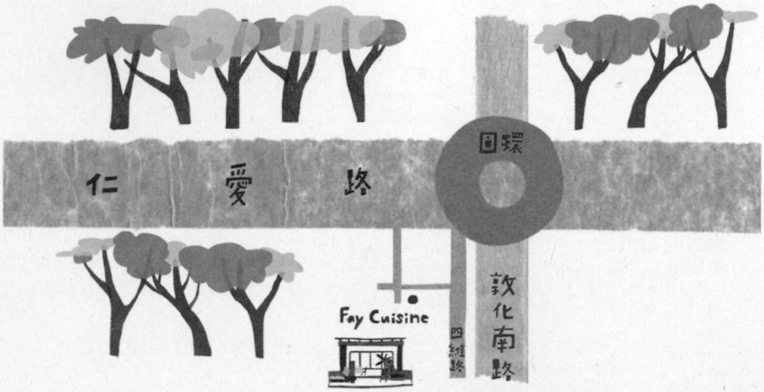

❷ 迎賓大道路線

仁愛路

仁愛路算是台北市最寬敞的道路。這條路是在日治時代開闢的，一九三二年的都市計劃裡被預訂為林蔭大道，後來一九五八年政府把從松山機場到總統府這段路做為國際迎賓大道，再把道路拓寬。

Fay cuisine

是的，這家是由那鼎鼎大名的菲姐開的店。

第一次去的印象非常深刻。

那天我帶著 Bravo 跟氣質公主友人 Jessica 去散步。路上我們互相 update 最近生活中的觀察，例如為什麼有些人的頭髮可以這麼油還可以出門，或是為什麼有些男生會把小包包夾在腋下之類的謎題。

Jessica本來是個非常怕狗的人，但是我堅持散步時Bravo一定要一起跟著走。現在Jessica進步許多，已經很習慣跟Bravo一起散步、喝咖啡了。

我們邊走邊找可以帶狗狗進去的咖啡店，被幾家店拒絕後，走到這家有個庭院的餐廳。當時不是用餐時間，感覺好像沒有營業，但是因為好奇，我們還是走進去探探。這時，我們有名的菲姐從裡面走出來，門一打開她就對著我們說：「啪溜啦！我在裡面插花啦，所以沒有穿鞋子。我叫員工去對面的九如買湯圓，所以沒人在門口招呼。來來來進來坐，狗狗也歡迎。」

OS：「是那菲姐！真的菲姐！她的頭髮、妝、人都和電視上一樣！唯一不同的是她今天沒有穿鞋子，然後她會插花。」

菲姐很熱情的招呼我們，帶我們參觀她的義大利餐廳，餐廳的布置很有菲姐的熱情與細心在裡面。有義大利人大膽的用色，也有義大利簡潔的設計。

在插花的菲姐大概是怕我們沒有被好好招待，從裡面生出一大盤黑金剛花生給我們。她說：「黑金剛不錯吃，吃吃看。」第一次在義大利餐廳吃台灣產的黑金剛花生。果然讚啦！顆顆飽滿，香氣、烘炒熟度、脆度都是高標，不愧是菲姐，連她拿出來招待的東西都是這樣有水準，這麼有她的個性。

❸被感動的路線

遇到柴妹妹的和平東路

跟 Bravo 散步在和平東路上時，遇到了一隻白色的柴犬，後面兩隻腳明顯萎縮，只能拖著走。我停下腳步，想要知道這隻狗狗到底發生什麼事了？牠的主人馬上靠過來說「親狗嗎？」（這是什麼意思？我家狗會親牠家狗？還是我會親狗？）其實她的意思是想知道我家的狗是否對其他的狗友善。那是當然的。Bravo 超友善的，每隻狗牠都想要當朋友。

這隻柴犬叫妹妹，牠是從繁殖場被救出來的白色柴犬。牠的聲帶被切除，沒有辦法發出聲音。後腿因為長期被關在籠子裡，沒有機會運動，久而久之造成肌肉與神經的嚴重萎縮。這就是沒有良心的繁殖場對動物所作的殘忍行為。

妹妹，美美的！

妹妹的主人邱小姐是在流浪動物網站上看到牠，決定把牠救出來，把牠之前沒有得到的愛跟親情全部補回去給牠。邱小姐每天親自料理雞胸肉、青菜這些最健康的食物給牠，也定期帶牠復建。

現在的妹妹，變得不一樣了，牠變得很水，笑起來好滿足。

我希望這些沒心肝的繁殖場從這世界上消失，也希望這世界上有更多像邱小姐一樣有溫暖的人。期待有一天，世界可以往這方向更前進一點。

狗狗教我們的事

即使你遭遇過很不好的事，當你願意接受別人給你的溫暖、正面的能量，你會變得不一樣，你的腳步會變得比較輕，你的笑容也會變得很陽光。

4 可以奔跑的空地路線

信義區的台北醫學院前

台灣最大的地主應該是國防部吧。現在這幾塊地好像是歸台北市政府管，這個地方可是在台北市區裡難得的幾片空地，狗狗們可以放肆的跑，年輕人可以在籃球場上揮汗打球，這個地方也是每年一〇一跨年時最熱門的地方。在這裡，煙火看得非常清楚，你如果跨年夜的下午還沒有來佔位子的話，就不用來了。本人有一年很愚蠢的在快十二點時候，才想到要出發去看煙火，結果在遙遠處就被人、車卡住，動彈不得，差點恐慌症發作。

在這裡 Bravo 認識了好多朋友，其中有隻叫「多多」。多多也是從動物收容所帶出來的狗狗，牠長得很特別，耳朵那有幾搓長長的頭髮，跑起來時很飄逸。每天牠的哥哥或是媽媽都會帶牠來這裡跑跑步，認識新朋友。牠是 Bravo 最好的朋友之一。

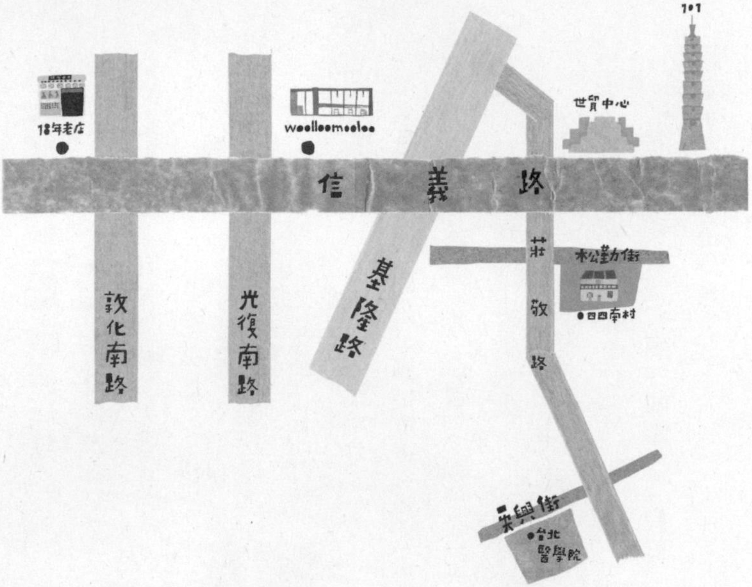

牠們第一次見面時就立刻知道牠們會是很好的朋友。每次Bravo與多多在遠遠的地方看到彼此，牠們就會迫不急待地跑過去找對方。多多更會用牠跳躍式的飛奔法來向我問好。看牠這麼開心也搞得我好開心。

只有狗狗會這樣，每次看到你都這麼的開心。

從空地再往北醫方向走，有一攤賣宜蘭蔥油餅的。這攤的阿姨超愛狗狗，她每天在熱鍋前賣的蔥油餅，有大部分的收入都拿去照顧沒有人要領養的狗狗們（工商服務時間：她的蔥油餅真的很好吃，蔥香夠足，煎的火侯拿捏得好。阿姨從不會因為排隊的人太多而隨便煎煎。這家保證餅都香酥，超好吃的。）

Bravo 跟蔥油餅阿姨感情深厚，每次走到那裡，都會飛奔過去找阿姨，搞得阿姨心花怒放，馬上賞牠一顆特製的肉圓。他們情感之堅深，可能別攤更大顆的肉圓都不會被撼動。

再往一〇一大樓的方向走走，可以欣賞一下這區「好野人住的豪宅」。豪宅區的特色是警衛都穿全身黑的，狗狗都是幫傭帶出來散步的比較多。

信義區世貿對面有個四四南村，假日，三不五時會有創意市集，可以帶狗狗來這裡挖挖寶。

聽說信義路將來也會因捷運的關係變成另一條林蔭大道。目前還看不太出來，但至少這條路算平整，散步起來還ＯＫ。

狗狗教我們的事

我們不需要天天見面，因為你好棒，你是我一輩子的朋友，我這輩子看到你都會是這麼開心。

Woollomooloo 信義店

咖啡很好喝，食材用得很天然，老闆很瘋癲。

你如果對社會公共議題很關心的話。例如：核電或環保。老闆可以跟你一直聊一直聊，聊到你投降為止。

瘋癲的老闆可是一位建築師，也許建築跟環境還有人有很緊密的關係，所以他對這些事有很大的熱情。反核電遊行日當天，全店下午休息，他帶著員工、家小一起上街去。

一家有靈魂的店，吸引人的不是華麗的裝潢，是想法、是信仰、是熱情、是堅持。

18年老店赤肉羹（信義路）

這家店的招牌叫「18年老店赤肉羹」即使開了再多年，招牌還是一樣寫十八年。老闆是個阿伯，有時傍晚會坐在門口。我問阿伯說「阿伯你那招牌為什麼寫十八年老店？你的肉羹店到底經營多久了？」阿伯說「三十幾年啦！阿我就是喜歡十八年。你看，人家說十八歲姑娘一朵花、十八銅人運功散。十八是個很有意思的數字。我跟你說，我這招牌是不會改的。」

阿伯很喜歡狗，也養過很多隻。多年心得的累積，他告訴我狗狗超喜歡你幫牠輕輕的按摩牠的眼睛。二話不說，他馬上幫 Bravo 馬一下。他還說狗狗被他按過之後，會喜歡的不得了，從大老遠的地方特地跑來找他，順便吃一塊他招待的赤肉羹。

阿伯一邊幫 Bravo 按摩眼睛，一邊說「狗狗要一輩子好好照顧，因為你跟牠是有緣份的，有可能是幾輩子前結的緣分，要珍惜喔。」如果真是這樣，Bravo 有可能是我幾輩子前的 BFF(best friends forever)。只有好朋友才會這麼喜歡整天黏在一起。

非常有趣的阿伯，下次經過時，可以進去跟阿伯交換一下照顧狗狗的心得，順便吃碗永遠十八年老店的赤肉羹。

喔！有沒有看到門口的招牌，上面寫著「弱勢團體免費」。阿伯，你真的太帥了！

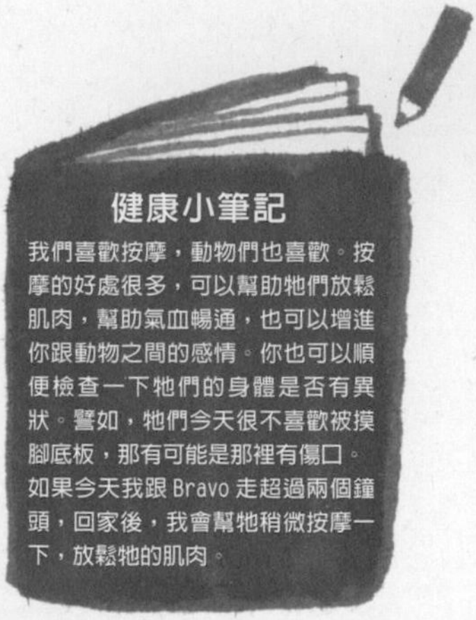

健康小筆記

我們喜歡按摩，動物們也喜歡。按摩的好處很多，可以幫助牠們放鬆肌肉，幫助氣血暢通，也可以增進你跟動物之間的感情。你也可以順便檢查一下牠們的身體是否有異狀。譬如，牠們今天很不喜歡被摸腳底板，那有可能是那裡有傷口。如果今天我跟 Bravo 走超過兩個鐘頭，回家後，我會幫牠稍微按摩一下，放鬆牠的肌肉。

新同樂的口味
路邊攤的價位
弱勢團體免費
營業時間 • AM.11:30
PM.8:00
星期日公休

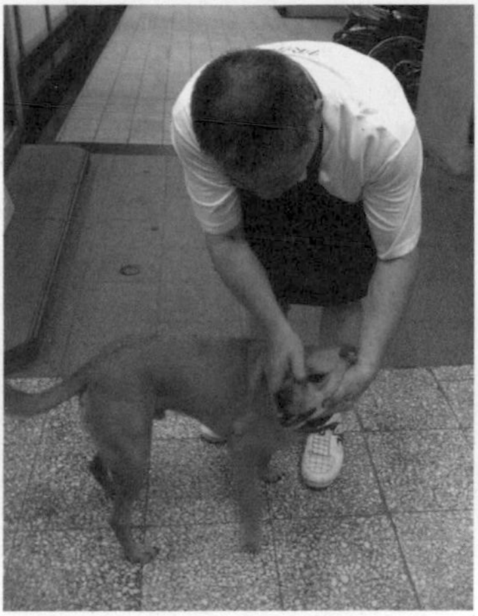

❺ 市區裡的森林路線

富陽生態公園

從日治時代到一九八八年這裡是被軍方當作彈藥庫，可能因為是沒太多人進出跟開發，所以這裡的生態保持的還不錯，有森林與小溪流。

這森林是個讓城市人感到驚訝的好地方。有一次跟好友 Agnes 約在這附近吃飯，因為吃得太撐，所以我建議去附近走走、消化一下剛才吃進的卡洛里。不到幾分鐘，我們就闖進了這個森林，讓城市人非常驚訝！台北市怎麼會冒出這樣一個森林？可以吃飽飯去森林裡走走，真是不錯。

Bravo 很喜歡這個森林，有很多的階梯可以讓牠上上下下不停的跑。牠的二頭肌就是這樣練出來的。

我們喜歡爬到其中的一個涼亭，在這裡可以看到一整支的一〇一大樓。來這裡看煙火一定很完美、很漂亮！完全沒有遮蔽物。只是有誰會半夜爬上這座山來看煙火？至少我不會。

城市裡有座森林，這是多美好的事！

❻ 喝茶路線

貓空

這是條令我難忘的路線，難忘到想要把它忘掉。

話說剛入社會的那幾年，在公司認識的好友 Lisa 那陣子迷上健行登山熱，約我跟另一位同事一起去爬貓空，爬完還可以喝喝茶，聽起來挺不錯的，不疑有他，馬上約週六下午爬山去。我們約在動物園捷運站，先爬到指南宮，還算輕鬆。接下來就要去貓空了。領隊 Lisa 開始帶路，爬到一半，太陽開始慢慢下山了，她跟我們說貓空就在前面那座不遠的山，再一下就到了，對，再一下，她下一個動作是找路人問路。我的天！這裡路邊攔不到小黃，手機收訊不好，即使打得通，你怎麼在山路裡報地址？超想把領隊給她槌下去！搞了半天，原來是領隊帶我們繞路，花了比平常多一倍的時間才爬到貓空喝茶的地方，繞到太陽都下山了。

下山時小黃花不到五分鐘。領隊真的很重要。為了逞罰領隊的亂帶路，

之後我們去遙遠的宜蘭草嶺古道爬山，她的責任就是幫我們揹所有的飲料，包括啤酒！哈哈！

❼考不進去的學校路線

台灣大學

台大最棒的地方是樹多，車子少，是個散步的好地方。校園裡還保有一些舊建築（個人認為，古時候的建築真是有氣質），其中有一棟我很喜歡的木造平房是日治時代留下來的。台灣人吃的蓬萊米是這位明治時期叫磯永吉教授研發的。他被稱為「台灣蓬萊米之父」，因為他成功的改良稻米進而大幅增加臺灣農民的收益，也造就了今天台灣農作的地位！

謝謝磯永吉教授，我跟 Bravo 都很喜歡吃台灣蓬萊米。

Bravo 的乾媽 Ivy 有兩個台美混血的姪女，住在熱鬧繁華的紐約。小朋友們住的地方不可以養狗，所以放假回來台灣應小人們的要求，我們就帶著她們跟 Bravo 一起去台大放風。

這兩個小女生一見到 Bravo 馬上就玩成一片，兩個人輪流丟球給 Bravo，然後跟 Bravo 比賽看誰先追到球。接下來在草地上你就看到兩個

小人跟一隻狗不停的跑跑跑。小人們堅持 Bravo 作弊，因為牠有四條腿。跑累了，小人們跟 Bravo 一起躺在草地上喝口水、喘口氣。小人們這時給 Bravo 很多建議，像是要怎麼打扮會比較時尚！就這樣，小人們跟 Bravo 度過一個開心的下午。

我希望小人們長大後還會記得這個有趣的午後。希望她們長大、有能力後也可以給流浪動物一些溫暖、一些愛，如果可以，一個永遠的家。

二〇一三年的夏天：

名校果然很難進去，現在連狗狗也

不能進去。

晴天霹靂！我跟 Bravo 最喜歡的散步路線之一，竟然門口站了警察把我們攔下來，指著貼出來的公告說「狗狗不能進去校園！」什麼！！！

公告上寫著「請勿攜帶狗狗入校——為了眾多師生及遊客安全及維護環境衛生，請民眾勿攜狗入校。依據『動物保護法、台北市畜犬管理法』等規定，如飼主無法防止飼養動物侵害他人、身體、財產、安寧，將通報台北市環保局或警察局進行取締。」

關於這公告，我有些想法：

1. 台大最出名的科系之一是獸醫系，但是這個校園卻不准狗狗進入。

2. 「維護環境衛生」——你在路上一定有看過人亂丟垃圾，你有看過狗狗亂丟垃圾嗎？你在路上有看過人吐痰，有看過狗吐痰？牠便便我都有撿起來阿！

3. 「如飼主無法防止飼養動物侵害他人、身體、財產、安寧」——前提既然是「如果」，那意思應該是規則已訂，犯規者會有後果。但是我們都還沒有犯規，好像已經被懲罰了。

4.「動物保護法」——既然是引用動物保護法，那保護的對象應該是動物吧。這公告好像跟保護狗狗沒有關係。

不少住在台大附近的歐基桑歐巴桑每天最大的樂趣就是帶著狗狗去台大裡散步，跟其他狗友們聊聊天。現在他們要去哪裡？我希望你們能找到一個可以好好散步的地方，但是我還是想念在這草坪上看到你們大家。

註：現在台大校園又開放狗狗可以進入了，拍拍手！

8 家庭溫馨路線

天母運動公園

Catherine是我認識最久最久的朋友之一，她的家人就像我家人一樣。我跟她們姊妹算是一起長大的，雖然她們很小的時候就搬去加拿大居住。

Catherine是念建築的，回台灣後，在知名的建築事務所認識了老公慶洲。兩個對空間的設計非常契合，他們相信透過環境與空間的運用，可以帶給人們一些改變。

Catherine跟慶洲有一個狗兒子叫PonPon。

PonPon很幸運的住在一間非常有氣質的房子裡，有很好的採光、很多綠意。屋子裡永遠都有很有個性的插花擺設，難怪PonPon長得這麼像藝術家。環境真的會改變人跟狗。

PonPon叫PonPon是因為牠的頭髮真的很蓬蓬，牠跑起來很像兔子，牠也是Bravo的好朋友之一。牠超聰明的，你問牠要不要吃飯，牠如果跳跳就表示牠想要吃。如果沒有跳跳，你把食物給牠，牠也不會吃。牠會很多才藝，近期最厲害的是「打拍子」。你唱歌，牠會跟著點頭打拍子。

PonPon在天母運動公園有很多粉絲。你走進運動公園問說PonPon今天來了沒，十個人會有九個半回答你。跟牠出去就好像跟偶像出巡一樣，不停的會有人要找牠。

天母運動公園是個很溫馨的公園。有幾個輪流值班的愛心媽媽，他們會在傍晚的時候來餵這裡的一隻流浪貓。這隻已經結紮的貓咪被照顧的很好、很親人。PonPon 每天經過都會特別過來這裡尋一尋，但是牠不是要找貓玩，牠是要看看有沒有吃的可以順便分享一下。

❾優閒逛街路線

天母社區

天母社區曾經是金城武度過年輕歲月的社區，而這裡的美國與日僑學校當然也都是他的母校。好想在這裡可以「I see u」喔！這裡外國人多，為他們開的店當然也比較多。譬如有賣 cream cheese 的小雜貨店、好吃的 pizza 店與道地的印度餐廳。另外就是很多好野人也都住在這裡。這裡有全台灣最高級的士東市場，不僅市場裡有空調，樓上還有賣骨董跟精品。好野人跟一般人就是不一樣，看待買菜跟買精品、骨董是一樣的。樓下買完阿吉師生魚片後，可以馬上上樓去挑選個精品包一起拎回家。下次再看到太太的菜籃車，裡面可能放的是當季最新的名牌包喔！

早期美軍顧問團在台灣時，很多美軍就住在天母，不知道是不是這樣的關係，這裡的綠地跟公園也比較多。跟民生社區一樣，好像只要是參照國外社區規劃的地方，通常都會是環境比較悠閒、舒適一點的地方。

天母會叫天母是來自日治時期的一個神社。神社的位置在現在的中山北路七段附近。因為神社奉祀天母為主神，因此神社附近一帶就被稱為天母。

天母這裡除了有很多公園可以走走，在中山北路七段這裡還有一個天母古道，全長二點五公里。你跟狗狗如果體力不錯，可以來爬爬山，看看瀑布。

週末假日這裡還有跳蚤市場。很多年輕人會來這裡擺攤。認真找找，你可能會挖到有趣的東西或便宜的潮服。

⑩有寶藏的路線

公館寶藏巖

熱鬧的公館後面有個叫寶藏巖的地方，這個聚落好像是來自另外一個時空似的。寶藏巖是主祀觀音的佛寺，建造於十七世紀，坐落在水岸旁的山丘上，依山傍水。那個時候的河水應該相當漂亮，河川也應該有船隻來來去去。

一九六〇年代來自中國的移民開始在這山丘上蓋起平房住宅，最盛時期，這裡有約兩百多戶的人家。但是因為這地方屬於水源保護區，從八〇年代開始市政府便展開拆遷。還好後來經過社運團體的努力，終於把它保留下來成為「寶藏巖歷史聚落」。

現在這裡變成「寶藏巖國際藝術村」，有十四間工作室散落在彎彎曲曲的山丘小徑裡，可以讓國內外的藝術家進駐，在這裡創作、生活。這聚落混著有年代的建築物跟新的藝術元素，形成一種很獨特的風味，是別的地方複製不出來的味道。同樣的藝術品，被陳列在不同空間時，營造出的感覺是很不一樣的。

⑪聞不到菸味路線

松山菸廠（松山文化創意園區）

如果沒有上網查查松山菸廠的歷史，你走進去可能不知道這裡曾經是台灣現代化的工業廠房，建廠於日治時代，名為「台灣總督府專賣局松山菸草工廠」。

一九三九年完工，建築風格屬於日本初現代主義。裡面有員工宿舍、男女浴池、醫護室、藥局、手術室、育嬰室、托兒所、福利社。初期約有一千兩百個員工，整個區就好像個村落，聽起來好像是個福利不錯的工作環境，有醫療又有托嬰，還有浴池。想必當時的衛生條件應該不差。這個菸廠一直用到一九九八年才停產，二〇〇一年變成指定古蹟。

雖說是古蹟，但感覺有點新，加上現在變成「文化創意園區」，規劃成「文化體育園區」。裡面會有大巨蛋、購物中心、文化表演空間等等。歷史感越來越淡了。

Café 11

這天約了 Alison & Jessica，一起帶著 Bravo 去松山菸廠散步——姊妹們跟狗狗的約會。松菸裡面的店都不能帶狗狗進去，所以我們走出園區外繞繞，好不容易找到這家願意讓我們進去吹吹冷氣，喝杯咖啡的店——Café 11。感恩ㄚ！

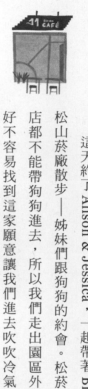

⑫ 大家都想住進去路線

民生社區

民生社區有三多，綠地多、好野人多、咖啡店很多。

大家都愛民生社區，這裡的綠地占社區約十分之一，隨便走走就會碰到個公園，到處都有樹。全台北市還有哪裡這麼捨得把空間讓給綠地跟樹的。

這個高級社區也是由舊市長高玉樹在一九六七年操刀的，是台灣第一個美式示範社區，走美規的。所以街道規劃採井字型，所有電線桿地下化。

這裡不僅是最綠化的社區，這裡也是全台灣最好野的地方。依照家戶報稅年所得平均來算，這裡的精忠里年收為近千萬元，全台冠軍。這應該是因為有不少王永慶的家族成員居住在這附近的關係吧！這家族真了不起，可以把平均值拉到全國最高。

這裡環境優閒，也吸引很多創意人在這裡開工作室。創意人要想創意，就要來杯咖啡，所以這裡咖啡店也不少。

來這裡散散步，走累了，進去喝杯咖啡，順便也讓狗狗喝杯水，是件很愉快的事。

⑬ 老台北路線

南京西路／赤峰街

好難想像在百年前大稻埕這裡，會有商船來來往往，南北貨都在這裡交易。台灣好幾個大企業都從這裡發跡，發達後，開始在這裡蓋起許多洋樓。從迪化街一直到南京西路的巷弄裡，都還找得到很有味道的舊樓。

中山商圈自從百貨業進駐後，帶來的人潮讓店也開始往巷弄內延伸。從南京西路到赤峰街。赤峰街在古時候被稱作「打鐵街」或「拆船街」。那時候由淡水河進來需要拆的船，拆下來的小零件就會聚集在這條街上。後來船沒有了，就換成車子零件的集散地。

這裡有舊時代留下來的建築物與汽車零件行，再加上新注入的元素，新舊混搭變成了這區獨特的風味。

小巷裡的店很多元，法國甜點店旁邊可能是汽車零件店，隔壁是設計師的工作室，再前面是台灣設計的生活小物。世界上有哪條街會有這樣安排的商店？只有在台灣，混搭的很協調，很有自己味道的台灣。這是我們的台灣味。

剛好：在地原創的美好

這家咖啡店賣的不只是咖啡，還有生活用品，而且都是在地的。好讚！

這家店老闆 Mei 本身對動物也是毫無抵抗力，她自己養了三隻狗狗，有兩條是撿回來的。在路上看到流浪動物，她一定會停下來看看這動物需不需要幫忙。好理加在，她撿回去的流浪動物都有找到人認養，要不然她母親大人真的會發瘋，家裡都快要變成動物園了。

Mei 的一隻邊境牧羊犬「毛毛」每天都會到「剛好」上班，牠可是店裡的人氣王，很多客人都是衝著牠來，而且牠有收不完的禮物，都是粉絲帶來進貢的。

每天早上毛毛會出門送咖啡。如果有點五杯以上就可以獲得毛毛陪伴的機會。牠在赤峰街真的可以橫著走路，一下有人送禮物，一下有人要牠送咖啡，一下有人要找牠去前面的公園玩飛盤，超受歡迎。我應該來跟牠娘談談經紀約的事宜。前景相當看好。

GALERIE Bistro

這家餐廳很有來頭。整棟白色的洋建築物，還有個戶外庭院。外牆還看得到歷史留下來的痕跡。女主人當初在把這棟建築裝潢成餐廳時，還特地把這些痕跡留下來。對她來說，這房子是有記憶的、有感情的、有溫度的。如果都把它拿掉的話，這房子就沒有了只有它才有的獨特韻味。我好欣賞這女主人對這棟建築物的尊重跟珍惜。

女主人來自大戶人家，她從小就是住在這棟白色豪宅裡，在這庭院裡騎腳踏車、玩耍的。

這裡有她的童年，有她的回憶，這棟建築都有幫她記錄。

⑭文人宿舍路線

永康街　青田街　麗水街　金華街　潮州街

在這一區尚未變成小籠包與芒果冰的觀光勝地之前，原本是日治時代文官的住宅區。

不過現在這一帶的巷弄裡還是保有一些舊時候的日本宿舍。也許因為是文人住過的地方，感覺上就是比較有文藝氣息，所以現在如果想要當一下文青，可以考慮到這幾條巷弄裡走走逛逛。

另外如果喜歡老東西的人，可以往潮州街這裡的文物市集去看看。旁邊有個阿伯的小攤，雖然只有一面牆壁，但阿伯超會塞東西的，堆滿了舊時代的東西。有舊書、舊唱片、老舊的茶具……東西多到連舊盒子或行李箱裡也塞滿了寶物。

殷海光故居

當你需要一些文教氣息時，來這裡逛逛就對了（除了一堆觀光客會去的地方之外）。

這裡保留不少日本時代的宿舍，其中有一棟是殷海光的故居。

他是一位在威權獨裁社會裡有勇氣的哲學家與自由主義者。

如果有機會走進他的故居，你馬上就會像是進入時光隧道似的掉入了他的年代裡。在那個空間裡面，你似乎可以感受到他的時代故事以及他受到的壓迫與打壓。這位為思想自由奮鬥的勇士還有個很浪漫的愛情故事。在那波濤不定的時代，他與夫人維持八年的遠距離戀愛，通了兩百二十二封情書才結為連理。浪漫ㄚ！想像一下，在那年代，寄出一封信到收信人手上可能要花個個把月以上的時間，你可以想像收信人的期待與雀躍。或許就是這種期待所帶來的雀躍，讓這份浪漫如此濃烈。

Zeelandia Travel & Books

Zeelandia（熱蘭遮城）是荷蘭人在一六二四至一六三四年在台南安平蓋的堡壘。在十七世紀許多歐洲人商船到亞洲時，福爾摩沙是他們會停的中轉站，熱蘭遮城那個時候可是個活躍的國際貿易中心。

這家店的主題是旅遊。主人會取 Zeelandia 這名字是因為熱蘭遮城讓福爾摩沙在那遠航的年代與世界接軌，開始與世界交流。旅行可以開闊你的視野，給你刺激、衝突、感動與學習。

如果你也喜歡旅行，可以來這有點隱密的舊公寓二樓，點杯好茶，來這邊找找你一直想去旅遊的書。

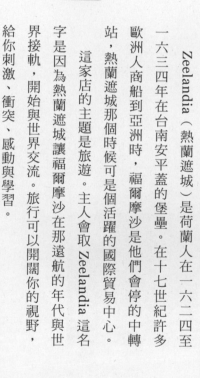

⑮ 美麗蝴蝶路線

大直劍南路

大直這裡不是只有名人與豪宅，這裡還有很多美麗的蝴蝶！

大直劍南路這裡有一條蝴蝶步道，是由臺灣蝴蝶保育學會協助台北市政府將這裡打造成觀花賞蝶的生態園區。學會用自然環境棲地復育方式，種植蝴蝶喜歡的植物，把這裡變成蝴蝶適合的天然環境。類計至今記錄的蝴蝶品種已經有一百五十種。為了讓更多人可以了解劍南路這裡的豐富生態跟保育觀念，這裡每週日早上九點都會有解說員帶隊，帶你爬山認識蝴蝶。聽起來不錯吧！不如下週早早起，帶狗狗一起來認識蝴蝶。

⑯神社路線

中山北路

中山北路超長的，從中正區跨到中山區，再到士林區。每段都有自己的味道。一段很有老台北的風格、二段則是有日治時代加現代的熱鬧感，而六段與七段反而是走悠閒調調。

日治時代這條路是通往台灣神社的主要道路。而這個參拜神社的路也算是台北的「表參道」，因為剛好這裡也有好多精品店進駐呢。

台灣好，店

台灣有很多的美好隱藏在鄉間、我們不熟悉的地方，現在許多這些美好都可以在「台灣好，店」裡被發現。

「台灣好，店」是由普訊創業投資董事長柯文昌先生成立的「台灣好基金會」在營運的，他們希望打造一個空間可以讓更多的人感受台灣的美好。台灣的好，是很多人累積出來的。有這麼多人的善良、溫暖、堅持、執著，讓這個地方成為美好的家園。基金會幫助這些在鄉鎮打拼的產業可以永續經營下去，「根」才有辦法往下扎得更深，更壯大。

這些在鄉鎮裡扎根的人來自各種職業、背景。有從事部落文化的、有在地農業的、有從事音樂的、有做工藝的、有做漂流木藝品家具的……。大家最大的共同點就是都有清楚的信念、有對自己的要求、以及與土地的連結，並透過產品傳達他們的用心與愛惜。

這裡的漂流木家具有一種不向命運低頭的生命力；南投的天然水果果醋有一股溫柔潤澤的自然口感；手工織出來的圍巾有織布者對自己文化的驕傲。你觸碰到的每一樣東西都有它帶給你的溫暖、也都有它想要訴說的故事。

17 浪漫溫泉鄉路線

新北投

很想坐上時光機，回到北投最繁華也最有酒家味的年代去看看。是不是那個日治年代晚上有很多歐基桑來這裡飲酒作樂，到處都聽得到那卡西演唱，路上不停有酒家女跟樂師穿梭。那個年代有個接送侍應女郎到各個溫泉飯店的服務，有轎車跟三輪車，後來變成摩托車。這個限時專送的服務現在還存在，只是服務對象不再是在溫泉工作的侍女了。

那卡西沒有了，空氣中濃濃的硫磺味，提醒你這裡還是個溫泉鄉。

從北投公園順著小溪走上去，有個曾被票選為最美麗的圖書館，而且還是綠建築，用了很多木材，感覺房子會呼吸。再上去就是北投溫泉博物館。這裡是以前日本人建的溫泉公共浴場，仿英式磚造，裡面還有娛樂室。在一九一三年，這裡可是全東亞最大的公共浴場。感覺那個年代好像比我以前想像的進步與享受。

但是最早在這裡發現溫泉的是德國硫磺商人奧里 Quely。早在一八九四年，好會跑的德國人跑到台灣的北投找硫磺。很好奇他怎麼這麼會找，跑到離德國這麼遠的地方，他是怎麼跟當時的台灣人跟日本人溝通？有人懂德文嗎？有快易通嗎？

這裡的小溪是可以走下去泡泡腳的，但是並不建議，除了旁邊的人可能會對你帶狗下去有意見之外，最大原因是——我懷疑旁邊溫泉旅館排放用過的溫泉到溪裡。你下次去的時候可以研究一下山壁上的排水管。

18 有山有水路線

內湖

以前都以為內湖會叫內湖是因為這裡有湖，其實不是。是這裡有很多山丘，形成很多小盆地。當時的漳州人稱盆地為「湖」，所以內湖的意思是內部盆地。

這裡除了大家比較知道的大湖公園、碧湖公園、內湖花市，這裡還有古蹟跟農場。這些都跟光鮮亮麗的內湖科學園區屬同一區！從捷運文德站這裡出來有一個一九一七年建的（大正六年）郭氏古宅，這古宅是當時內湖保正郭正溪的官邸。保正是日治時代政府委派的，負責地方的事務，有點像里長。那時候的保正是可以販賣鴉片的耶！

往大湖街走，這裡還有農場、有森林，你知道內湖還有出產咖啡！有科學園區的內湖居然有產咖啡豆！傑克！這真是太神奇了！

⑲ 樹葉掉下來會K到很多博士路線

南港中研院

這裡應該才是台灣最高的學府，因為它是國家級的研究機構，而且直接隸屬於總統府。超浪漫的胡適曾經是這裡的院長，他在這裡的故居也有被保留。

這裡綠地多、車子少，是個散步的好地方，而且週末進來不用收停車費！

院內的四分溪是台北市第一條封溪護魚的溪流。因為護溪有成，現在都可以看到很多魚，運氣好的話還可以看到鰻魚。也聽說還有人在路上看到淡水毛蟹跟穿山甲呢！在台北的溪裡看到有流動的清水跟活生生的魚在游水是件多令人感動的事。終於有條溪不是個臭水溝了。

20 十七世紀路線

彩虹橋與錫口碼頭

這彩虹橋不是賽德克巴萊裡的彩虹橋。這條橋連接了松山跟對岸的內湖，旁邊還有個錫口碼頭，都在熱鬧的饒河街夜市後面。饒河街這裡原來已經熱鬧了好幾個世紀。松山區這裡緊鄰著基隆河，原本是平埔族凱達格蘭人狩獵的地方，平埔族稱這裡為「錫口」，意思是河流彎曲處。日治時代才把這裡改名成松山。

對大部分的台北人來說，基隆河在我們生活中只是存在而已，跟它沒有什麼關係。但是把時間往回推到十七世紀，西班牙跟荷蘭人的船已經在基隆河來來去去。往返基隆、宜蘭、艋舺的人也是利用這條河。而松山這裡便是各地人馬的中點站、貨品的集散地。熱鬧的地方總是會有信仰中心，商店街就繞著慈祐宮延伸發展。

這邊沿著水岸的步道整理的很乾淨也很寬敞，很適合帶狗狗來這裡跑跑，也有很多人喜歡來這裡騎腳踏車。體力好一點的人還可以走過彩虹橋到對岸的內湖去晃晃。等到精力耗盡時，再走去饒河夜市把今天的卡洛里通通補回來！

3

幫Bravo挑食

有次出門看到一隻瘦到可以見到肋骨的流浪狗，當時旁邊剛好有個好心的年輕人正要去取他的摩托車，我馬上掏錢給他並請他幫忙騎車去附近的超商買飼料給這隻狗狗吃。這位年輕人答應我，也很快的把罐頭買來。餓壞的狗狗吃得好快。接下來幾個禮拜，我跟 Bravo 都會去找這隻狗，餵牠吃飯。那時候我還不懂的幫怎麼幫 Bravo 煮飯，牠吃的可是一包號稱六星級的高級飼料，所以我在想有沒有便宜一點的飼料可以買給這隻狗狗吃。於是我走進一家有賣飼料的店，拿起一包上面印有一大塊牛肉的飼料，我想這包看起來不錯，翻到背面開始研究成分表，我居然找不到牛肉這個成分！只有一個叫做「牛肉調味香料」。媽呀！這是什麼東西！一包讓消費者以為有大塊大塊牛肉做的飼料，原來裡面竟是些劣質的澱粉填充物、調味品跟你念不出來的化學名稱。我買不下手。那隻流浪犬還是繼續吃跟 Bravo 一樣的乾糧。我很驚訝這包裝美麗的「牛肉口味飼料」，裡面居然一塊牛肉也沒有。於是我開始閱讀有關寵物食品跟健康的資料。

很多飼主跟我以前一樣，我們都很信任專業，但是我發現很多專業人士對於飼料的成分並不是那麼注重。飼料好不好不能光看營養分析表，因為要做出符合標準的營養分析表可以藉由添加植物性蛋白質或油脂來達到目的。如果你希望給你家寵物吃的不是只是空白的熱量，而是真正營養的食物，那你就一定要認真看懂成分表。

1 寵物飼料怎麼來的？

寵物食品業在一八六〇年左右誕生，這真是一門聰明的生意。這點子的發想是利用人類不吃的東西，將它變成餅乾做成寵物食品。第一次世界大戰時，汽車跟鐵牛開始取代馬跟騾子，這些動物就被拿去做狗狗吃的罐頭食品。到二戰時，因為做罐頭的錫短缺，狗食變回成乾糧。寵物食品這門生意太有錢景了，陸續有很多公司一起加入，大家都很會行銷，早在六〇年代就開始打廣告，告訴飼主，寵物只能吃寵物飼料，也請獸醫代言來為寵物飼料背書，讓大家深信，寵物只能吃包裝好的飼料。

寵物食品成分大有學問

寵物飼料廣告裡秀出大塊大塊的新鮮肉塊跟新鮮的蔬果，看得連我們也覺得好好吃。但是，真的會下這麼重本，用這樣真材實料的業者在市場上其實是非常少的。大部分因為成本的考量，還是會用人類不用的東西跟較劣質的澱粉類來製作。

你有聽過「人類食用等級——human grade」這名詞嗎？意思是給人類食用是安全，有經濟價值的。想像一頭牛，人類會吃哪些部位？例如：菲力、牛腩、肋排、牛尾，剩下的那些部位就是「不適合人類食用等級」。

那剩下來的那些部位跑去哪裡？就變成副產品啦！可以被允許添加在飼料裡，這樣一來就又變得有經濟價值了。AAFCO（The Association of American Feed Control Officials）規定除了血、毛髮、腳蹄、角、牛皮屑、排泄物、瘤胃內容物之外，都可以被做成副產品——「肉骨粉」。但是AAFCO同時也允許這些不被允許的東西含在肉骨粉裡，前提是如果「有一定的分量，是不可避免的，而且是在規矩的製程裡發生的」（聽起來很有趣，規定不可以，但是好像有摻一點進去也是不可避免。那究竟多少是可以被容許的？）。

肉骨粉是從不適合人類食用的部位提煉出來的。會被使用在寵物食品跟動物飼料裡，是為了提高蛋白質的比例，讓營養分析表看起來更符合標準，看起來好像更營養。所以光看營養分析表是不夠的，因為要調整比例很簡單。

因為狂牛症的關係，有些國家懷疑使用這些肉骨粉在經濟動物裡有可能會讓這些動物感染狂牛症，所以禁止使用牛的肉骨粉在經濟動物的飼料上，因為人類會吃到。但是卻可以用在寵物飼料上，像是美國就允許這樣的行為。在歐洲，很多牛的肉骨粉是被當成再生能源而不是飼料的原料。

雞肉粉、鴨肉粉、牛肉粉等這一類可以馬上辨識出是哪一種肉做成的，是好的蛋白質來源。這種肉粉是把肉(可含骨架)一起去脫水烘乾，製成粉狀。因為脫水，所以與同重量的鮮肉相比，蛋白質含量反而比較高。

其他副產品像是大豆、玉米、甜菜等食材，被拿去榨油、製糖後所產生的東西，一樣是對人類沒有經濟、營養價值，但是可以被添加在寵物食品裡。

好營養
狗狗大餐
美味
牛肉

2 學習看懂好飼料

我們拿市面上幾個品牌的成犬乾糧來看看他們的成分表怎麼寫，裡面究竟是什麼做的。

A 品牌成犬飼料

很好，羊肉粉放在第一順位，但是接下來落落長的成分裡有很多是植物性的、跟一大堆你念不出來的艱深化學名詞。這裡面有一些很有趣的成分，中文的名字聽起來好像都很漂亮，但是究竟是什麼呢？

1	釀造米（也有人翻成：純酵母米）Brewer's Rice 碾稻米時產生的碎米，算是碾米時的副產品、營養素較完整的米或糙米低。
2	玉米筋質粉 Corn Gluten Meal 製造玉米澱粉時所殘留下的東西，脫水變成粉。
3	動物脂肪 Animal Fat 什麼動物的脂肪？好模糊，幹嘛不說清楚？因為混了很多種，所以沒法說清楚。
4	雞肝香料 Chicken Liver Flavor 是雞肝做的？如果是雞肝的話，何不直接寫雞肝？ 還是嚐起來有雞肝味道的東西？到底是不是雞肝？
5	脫水甜菜漿 Dried Beet Pulp 甜菜拿去製糖後剩下的渣渣，再拿去脫水。

B品牌成犬飼料

我們來看看中、英文的成分對照

1	英文成分：Chicken & Chicken by-products 中文翻譯：雞肉茸 哇！雞肉茸耶！好讚，但是怎麼沒有翻譯“Chicken by-products”？中文應該是雞的副產品。
2	英文成分： beef and/or lamb tallow 中文翻譯：混合生育酚保鮮牛和 / 羊脂肪 從英文中我只看到「牛」「羊」「脂肪」，中文怎麼多這麼多字？
3	英文成分：soybean mill 中文翻譯：豆粕 黃豆拿去榨油後，剩下的東西
4	英文成分：wheat by-product 中文翻譯：麥粉 正確翻譯應該是麥的副產品，小麥拿去作成白麵粉時，會分出麥麩、麥芽，這些就屬於麥的副產品。
5	英文成分：natural flavour 中文翻譯：天然香料 從這裡看不出到底是什麼香料

C 品牌成犬飼料

我們來看看這家是怎麼寫他們的成分表

1. 英文成分：boneless chicken
   中文翻譯：新鮮去骨雞肉
2. 英文成分：chicken meal
   中文翻譯：乾燥雞肉（或者翻譯成「雞肉粉」，是脫水之後的雞肉，可含也可不含骨頭）
3. 英文成分：chicken liver
   中文翻譯：新鮮雞肝
4. 英文成分：whole herring
   中文翻譯：新鮮鯡魚
5. 英文成分：boneless turkey
   中文翻譯：新鮮去骨火雞肉
6. 英文成分：turkey meal
   中文翻譯：乾燥火雞肉
7. 英文成分：turkey liver
   中文翻譯：新鮮火雞肝
8. 英文成分：whole egg
   中文翻譯：新鮮雞蛋
9. 英文成分：boneless walleye
   中文翻譯：去骨梭鱸魚
10. 英文成分：whole salmon
    中文翻譯：新鮮鮭魚
11. 英文成分：chicken heart
    中文翻譯：新鮮雞心
12. 英文成分：chicken cartilage
    中文翻譯：雞軟骨
13. 英文成分：herring meal
    中文翻譯：乾燥鯡魚
14. 英文成分：salmon meal
    中文翻譯：乾燥鮭魚
15. 英文成分：chicken liver oil
    中文翻譯：雞肝油
16. 英文成分：red lentils
    中文翻譯：紅扁豆
17. 英文成分：green peas
    中文翻譯：碗豆
18. 英文成分：green lentils
    中文翻譯：綠扁豆
19. 英文成分：sun-cured alfafa
    中文翻譯：乾紫花苜蓿
20. 英文成分：yams
    中文翻譯：山藥（山藥還是地瓜？）
21. 英文成分：pea fiber
    中文翻譯：豌豆纖維
22. 英文成分：chickpeas
    中文翻譯：雞豆
23. 英文成分：pumpkins
    中文翻譯：南瓜
24. 英文成分：butternut squash
    中文翻譯：冬南瓜
25. 英文成分：spinach greens
    中文翻譯：菠菜
26. 英文成分：red delicious apple
    中文翻譯：蘋果
27. 英文成分：carrots
    中文翻譯：蘿蔔（應該是紅蘿蔔吧！）
28. 英文成分：Bartlett pears
    中文翻譯：巴梨（西洋梨的一種）
29. 英文成分：cranberries
    中文翻譯：蔓越莓
30. 英文成分：blueberries
    中文翻譯：藍莓

看了以上這三家品牌寵物飼料成分表後，你的觀察是什麼？有的中英文對照起來意思好像不很一致；有的中文看字面的意思跟再去了解它到底是什麼東西時，好像又有落差，翻譯不盡正確；有的為什麼含比較多「副產品」的成分？但是也有的是每一項東西都寫得比較清楚，你馬上可以知道它是什麼東西，連有沒有去骨、哪個部位都有寫出來。那為什麼這家會這樣做？而別家卻不這樣做？

C牌的前十五個成分都是可以清楚知道是哪一種動物性蛋白質，接下來才是植物性成分，而且沒有看到「副產品」。相較起來，我會選擇C品牌，因為成分我認得，而且裡面的動物性蛋白質比較高，沒有一堆副產品。

想想看，為什麼這些品牌會有這些差異？你給你家寶貝吃的又是哪一種？是有很多副產品的，還是都是充滿看不懂的成分？是不是該換飼料了？還是捲起袖子，開始為你家的毛小孩下廚了！

關於飼料的迷思：乾糧可以幫助去牙垢？

我問過王勢爵獸醫這個問題，他的回答很有趣。他說，如果乾糧可以讓狗狗不用刷牙又可以去除牙垢，那我就叫我兒子每天吃口香糖就好了，幹嘛要刷牙勒？可以這樣嗎？所以，朋友們答案在這裡，吃乾糧不代表可以清潔牙齒。

王勢爵 醫師 (Jeffrey S. Wang ,D.V.M. ,M.P.H.) 簡介

* 1987年國立台灣大學獸醫系畢業
* 1990—1992年美國加州大學落山磯分校，公共衛生學院流行病學碩士
* 1994—1995年愛荷華州立大學獸醫學院 E.C.F.V.G 認證
* 1996年取得加州、科羅拉多州、威士康辛州，執業獸醫執照
* 1998年取得 A.S.I.F 認證
* 1998年取得人工關節置換手術認證
* 加州獸醫學會會員
* 王醫師目前於美國加州執業，是人工關節置換手術權威

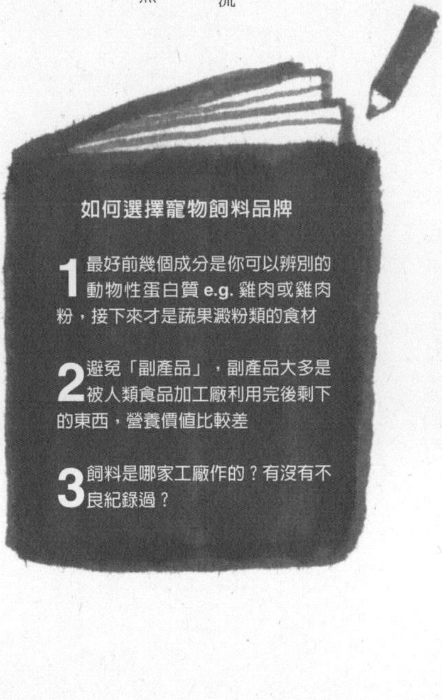

如何選擇寵物飼料品牌
1 最好前幾個成分是你可以辨別的動物性蛋白質 e.g. 雞肉或雞肉粉，接下來才是蔬果澱粉類的食材
2 避免「副產品」，副產品大多是被人類食品加工廠利用完後剩下的東西，營養價值比較差
3 飼料是哪家工廠作的？有沒有不良紀錄過？

3 寵物零食

寵物爸媽都很疼家裡的毛小孩，家裡永遠有足夠的零食庫存。寵物零食百百款，什麼誘人的口味都有，蔬菜香腸、南瓜雞塊、牛肉雞肉乾、健康潔牙點心、蔬菜餅乾、香脆鮮肉棒、燒肉片等等，每個聽起來都美味極了！但是，這些東西真的像它們的名字取的一樣是有益健康嗎？最近美國的寵物零食又出包，連 FDA 都搞不清楚原因。

寵物跟人類一樣，喜歡吃有甜味與鹹味的東西，偏偏這些對牠們的健康是不好的。但是廠商為了吸引寵物愛上他們的產品，會添加過多的糖或鹽，這對寵物的代謝都是很重的負擔。所以有些廠商還會特別標示「低鹽低鈉」，這樣的寫法好像是人類的健康食品一樣。但寵物零食與牠們的飼料一樣，如果食材不好，東西就不會好，管它的包裝照片有多漂亮、產品名字取得多健康，成分跟加工方式才是最重要的。

可以從幾個地方檢視寵物食品的好壞：

1 保存方式

食品要防腐，有幾個作法：

・完全脫水乾燥

・化學防腐劑

當你看到的食品不是完全脫水乾燥，而是有含水分的，想想看是怎樣辦到讓東西不變壞？隨便拿幾包零食起來看看，看看裡面添加了什麼東西，是不是有防腐劑還是簡單的脫水乾燥。

2 標示成分

台灣對於寵物食品，尤其是寵物零食的標示沒有很嚴格的管理，所以有很多成分你在包裝上根本看不到。廠商往往只會挑幾個聽起來最健康的原料標示，其他添加物就省略掉。

我找了一兩包成分表寫得比較清楚的寵物零食。以下是它們的部分成分內容：

添加物：保存劑、酸化防止劑、發色劑、食用色素、磷酸鹽、丙二醇等等

我不是學食品加工或化學的，包裝上出現很多我看不懂的成分，或許是「安全無虞」，但我還是盡量選擇我看得懂的東西，以不含添加物的為主。

原味最美味

簡單的最好，最好保存的方式就是不添加任何東西，而這只有一個簡單的步驟：脫水乾燥、真空包裝。這是一種最天然的包存方式，沒有水分，就沒有機會讓細菌、黴菌生長。再來就是不含任何添加物，吃原味的最好。例如直接乾燥的牛脖片、鹿肝、鹿筋等。

小提醒

寵物看到零食時都會很興奮，吃的時候常常會狼吞虎嚥，再大塊都會硬吞下去。我建議狗主人給寵物食物時，最好都要在旁觀察注意。

4 不止人類，寵物也有食安問題ㄟ

我們的健康跟疾病都是吃出來的，寵物也是一樣。唯一不同的是，寵物沒有辦法自己選擇吃什麼。

讓我們一起準備好吃的鮮食，讓寵物把健康吃回來，這樣可以省下不少去獸醫院的花費與折騰。知識就是力量啊！

1 現代寵物健康問題多，你打算給狗狗吃什麼？

不知道你有沒有發覺，這幾年好像有不少狗狗對食物過敏，或是常有皮膚的問題。

時常有身邊的朋友告訴我他們的寵物對哪些食品過敏，像是雞肉、羊肉、穀物等等。他們會說什麼穀類不是好食物，他們的寵物只能吃處方飼料。甚至還有獸醫說他的狗狗因為過敏，所以這輩子只能吃一種處方飼料。

你能想像你一輩子只能吃一種食物嗎？

我開始回想我小時候的 Sido 是吃什麼東西？Sido 不喜歡吃飼料，也難怪，很多飼料聞起來都有個不好的味道。牠吃的就是每天我們吃的（減鹽後的剩菜剩飯）。偶而我會去市場找熟識的雞肉攤買些便宜的雞脖子跟其他的部位。回去後我會清洗乾淨，然後水煮給 Sido 吃。牠可是吃得津津有味呢。牠也沒有吃什麼特別的營養品。只是生活正常、不熬夜，除非那天家裡有客人。Sido 很不甘寂寞的。總之，牠也沒有過敏或是皮膚病等問題。

很多獸醫跟廣告都告訴我們寵物不能吃人吃的東西，所以不能隨便給牠們吃我們吃的食物，而且飼料也最好不要亂換。如果這些是真的，為什麼現代寵物吃的食品，都號稱是「天然」、「專為狗狗設計的均衡營養飼料」，卻有這麼多健康上的問題？

我問身邊的朋友，他們小時候家裡養的狗狗都吃什麼東西？答案通常都是剩菜剩飯。那麼牠們有什麼疾病嗎？像是過敏或皮膚病？答案也通常是沒有，都挺健康的。

奇怪，怎麼吃剩菜剩飯的好像問題比較少？令人不解。

我們都聽過病從口入或是"we are what we eat"。我相信寵物也是一樣，牠們的健康跟疾病大部分也都是吃出來的，所以吃真的太重要了。

關於狗狗應該要怎麼吃才對的疑惑與迷思很多，但是網路上各式各樣的資訊、市面上相關的書籍、甚至有些獸醫的專業見解卻都無法給我足夠答案可以解決我的疑惑。我必須找到一位對寵物飲食真正有研究的權威、而且有實務經驗的專家來替我解惑。到底狗狗要怎麼吃才對？

與黃慧璧 獸醫師 的對話 有關寵物飲食與健康 你可能不知道的……

第一次跟黃醫師見面印象很深刻。但是令我深刻的不是她一頭的銀白髮，而是她的誠實與熱情！

無知的我並不了解她顯耀頭銜背後的意義，直到跟她坐下來聊天，我才明白為什麼黃醫師會這麼地受到尊敬！她對自己的要求非常高，撇開她現在已經擁有的成就，從十幾年前開始，黃醫師每年都會在European College of Veterinary Internal Medicine發表研究報告。她去到都可以不用掛名牌大家就知道她是誰了，因為她就是那位每年都會去的亞洲人。她一直都在動物醫療與健康的領域專研。

去年她更花了一整年的時間去考國外的犬隻復健師的認證，接下來還有不間斷的進修計畫。她有那種迫不及待的渴望要去吸收更多、更新的動物醫學，來提升台灣動物的醫療水準。你哪時候看過一個已經在大學當教授這麼久的而且是個有名氣的獸醫，還這麼地願意不停的學習、讓自己更進步，永遠不滿足現有的知識。

在訪談間，對於我很多的問題黃醫師都可以馬上提出研究報告或是醫學上的知識來解答。

接下來是我請教黃醫師的訪談內容：

A：寵物只能吃寵物飼料？

我：很多獸醫都說寵物只能吃飼料，不能吃人吃的東西。

黃醫師：這誰說的？

我：你們獸醫界的人……

黃醫師：飼料可以提供飼主許多方便，是一種寵物食品的選項，但並不是唯一的選項。

寵物食品產業在一九六〇年代後比較盛行，在那之前，沒有所謂的「寵物飼料」，那些狗狗們都吃什麼？跟在人旁邊不就是吃人剩的東西生存下去。

一九九〇年代我正在英國作動物內分泌的研究，當時國外的寵物飼料的銷售量在下降，台灣那時候開始引進一些寵物飼料，反而銷售是成長的，跟國外恰恰相反。國外銷售量會下降的原因是大家開始知道有機生食跟鮮食可以提供更好的營養來源。

我：很多寵物都在吃「處方」飼料，但是我去研究它們的成分，好像不是特別好，也是放了一堆玉米跟肉類的副產品，你怎麼看這類的產品。

黃醫師：我在英國的大學也有接受飼料廠的研究委託去開發所謂的「處方箋飼料」，目睹整個研發過程。開發出來的產品雖然符合在醫學上的要求，但是往往這種產品的適口性差，就必須要去添加調味品讓寵物比較願意吃。

當寵物已經生病了，健康狀況差，你又給牠吃不好吃的東西，這樣怎麼會讓牠回復健康呢？再來，話說雖是叫「處方飼料」，但是它畢竟沒有明確治療的功效，吃這種飼料並不會讓寵物的病痊癒。

我：謝謝你證實了我對處方飼料的疑慮，之前我的貓咪也是聽從獸醫的指示吃處方籤飼料來調節身體酸鹼值，結果不只是沒有用，我後來學會看懂成分，發現裡面的成分不只用的不好，裡面居然還有用BHT為防腐劑（BHT疑為致癌物）。

我：所以狗狗可以吃人吃的東西嗎？獸醫都說不可以，但是我小時候的狗狗都是吃減鹽的剩菜剩飯，偶爾吃水煮的雞脖子。狗狗也挺健康的。所以這樣吃是OK的？

黃醫師：OK的，你給的是真的食物，而且雞脖裡有鈣，可以給狗狗補充鈣，尤其是運動量大的動物。

我：真的嗎？我以為飼料才是最好的。

黃醫師：寵物食物等級裡，最好的是有機生食，再來是鮮食，再來是罐頭，最後才是乾糧。國外去比賽的冠軍犬都是吃有機生食的，牠們可是不吃乾糧的。

B 什麼食物是特別容易引起過敏反應?

我:有什麼食物是特別容易引起過敏反應的嗎?有人說雞肉?有人說是穀類?每個人說的都不一樣。

黃醫師:很多普通的食物都有可能成為過敏原,像是牛肉、雞肉、羊肉、魚肉、雞蛋、玉米、小麥、大豆、乳製品,這些都是在寵物飼料裡常見的成分,為什麼會變成過敏原,其中一個原因是動物如果長期食用同一種食物,免疫系統就有可能把這食物認為是外來的入侵者,產生過敏反應。常常寵物都是長期吃同一種飼料,吃久了身體就有可能會產生過敏的反應。即使你換牌子,但是如果成分也是一樣的話,你還是給寵物吃一樣的東西。

所以不要給寵物長期都吃一樣食物,食物要常常有變化。還有化學添加物跟色素也有可能成為過敏原。像我就是自己下廚煮給我家狗狗吃,用的是新鮮食材,每天的菜色也不同,牠吃的可是比我還好呢!

C 狗狗是肉食性還是雜食性動物？

我：有兩派說法，一派說狗狗是肉食性的動物，所以不可以吃澱粉。另一派說狗狗是雜食性的，可以吃澱粉。到底哪個才對？

黃醫師：狗狗是雜食性的，跟在人類旁邊這麼久了，牠們能生存下來，就是吃人吃剩的，所以牠們一直都有吃澱粉，是可以的。現代的狗狗已經跟牠們的祖先──狼不盡相同，因為狗狗已經被我們馴化一萬多年了。貓咪就不一樣了，貓咪是肉食性的動物。

我：所以狗狗的身體是可以消化澱粉？

黃醫師：可以的，雜食性的動物可以消化澱粉。

我：那澱粉在狗狗的食物裡應該占多少？

黃醫師：可以占三分之一或更多。

D 狗狗可以吃穀類嗎？

我：現在很多寵物飼料號稱「不含穀類」，好像不含穀類的才是比較好。是這樣嗎？

黃醫師：狗狗可以吃穀類，但是穀類一定要煮熟煮軟，這樣才有幫助於牠們消化，吸收營養。在寵物飼料裡，穀類像是玉米、大豆這種多是用來充量的，因為成本比較低，可以降低肉類的用量，對廠商比較划算。還有就是穀類保存上容易有問題，常常有黃麴毒素的問題。

在寵物飼料裡，穀類還是要從使用的原料來判斷好壞，飼料裡用的是完整的穀類還是副產品？如果添加的是玉米或大豆的副產品，營養當然比整顆完整的差很多。玉米、大豆是比較有爭議的食材，基因改造過的在國外多歸類為動物食用等級，會這樣歸類是因為不確定這種東西對人類長期食用是否安全，所以目前只准許放在動物的飼料裡。但是近來也有開始發現，這些基因改造食品或許跟寵物的疾病跟過敏是有相關的而很多飼料都是用基因改造穀類作的。

E　狗狗不可以吃的東西

我：我看很多資料，上面有列出很多狗狗不能吃的東西。一般我們比較知道的是蔥、巧克力，但是有的資料甚至說菇類不可以、豬肉脂肪分子太大不好、魚肉也不好、有些蔬菜不能生吃、還有鈉也不好。總之好像牠們不可以吃的東西很多，連每個食物的鈉含量都要算的很仔細，好像如果自己要幫狗狗煮飯是件很困難的事。真的是這樣嗎？

黃醫師：還是要看有什麼研究報告支持這些論點。關於辛香料部分，就有研究指出薑黃對狗狗健康有益，甚至有的比賽狗也會吃一些薑，讓身體比較暖。再來，豬肉脂肪分子過大的研究報告在哪裡？根據在哪？根本沒這回事。

鈉跟維持血壓還有神經傳導、肌肉收縮有關，所以過量的減鈉也會造成體內維持血壓跟心臟肌肉運作機制的失衡。身體還是需要適當的鈉。

魚肉，在日本的研究報告裡，飲食裡缺少魚肉跟老年癡呆是有關係的，所以吃魚肉是可以的，而且可以幫助預防老年癡呆。

國外很多比賽的冠軍犬，都是吃有機生食，當然蔬果也是生吃，除非這個生菜有很多農藥的殘留，一定要煮過才可以去除，要不然其實生吃沒有太大的疑慮。

菇類也是可以給狗吃的，只是怕牠們不容易消化，所以只要把菇類切碎就好了。

大部分的食物牠們也都可以吃。我甚至看過我的老師把快吃完的蘋果給他的狗，當然也包括蘋果籽。狗狗吃得很高興也很健康。

我：聽你這樣講好像在吃的方面沒有什麼太大的禁忌。那我也可以幫我家的狗狗煮飯了。

黃醫師：沒錯，只要狗狗平日有攝取足夠的水，代謝正常，其實大部分的東西牠們都可以吃。我的狗狗有時候還會吃牛肉餡餅哩！最重要是你不要每天每餐都是給牠們吃一樣的東西。食物要多樣化，不偏食、不過量，其實很多東西牠們都可以吃。新鮮的食物是很好的營養素來源。自己做鮮食你知道裡面是什麼東西，而且你自己做的不會添加化學物或防腐劑。我很鼓勵飼主們煮鮮食給他們的寵物吃，準備好吃新鮮的食物，狗狗胃口就會好，能吃，運動，長肉身體自然健康。

F 料理鮮食的原則

我：自己幫狗狗料理鮮食時，肉類、蔬菜、澱粉比例要怎麼拿捏？

黃醫師：原則很簡單，肉類三分之一、蔬菜三分之一、澱粉類三分之一。除非你的狗狗有健康上的問題，需要做些調整，要不然原則就是這麼簡單。

我：那鮮食的餵食量要怎麼算？

黃醫師：可以用每公斤的體重約五十至六十大卡，當然這要考慮到狗狗的生活型態跟是否有特殊健康狀況來調整 e.g. 運動量大小、年齡與疾病上的考量。

我：有沒有簡易一點的方式計算卡洛里？

黃醫師：鮮食熱量的計算涉及到食物烹煮的方式，因此有較大的落差。大致上會請飼主將食物的湯瀝掉，只秤重個體的部分。若以澱粉與肉類一比一的方式烹煮，扣除湯後，大約一公克是零點八至一大卡，視內容物而定。

建議成犬每日所需的熱量約每公斤每日五十大卡，但須視每日活動量與運動量來定。活動量高與活動量低的每日所需熱量，每公斤每日會有約三十至一百大卡的差異。因此需要每週定期秤體重，確定熱量攝取是否恰當，也須透過定期的血液檢查，確定蛋白質，脂肪與糖代謝正常。

我：謝謝黃醫師，這樣簡單多了！

G 飲食健康與醫療

黃醫師：台灣的獸醫現在走到分專科的階段，譬如說髖關節有問題，專科醫生多半會建議寵物要瘦一點，減輕關節的負擔。但是當變瘦時，寵物有可能會有其他科的疾病。當你在照顧一個動物的時候，你應該是照顧這個動物的全部，而不是只有治療牠現在表現出來的症狀而已，這就是所謂的整合醫學。應該是要朝著這個方向走才是。

關於吃的部分，在我照顧寵物這麼多年來，跟所看過的研究報告，我發現很多有疾病的高齡寵物都太瘦，都有所謂的「惡體質」。惡體質最明顯的症狀就是身體不斷的發炎。當你太瘦的時候，身體根本無法有能力復原，有時候甚至無法接受治療。有趣的是，我們發現吃胖一點的寵物，反而活比較久。所以不能太瘦，多讓寵物吃天然的東西，好吃的東西，讓牠們有足夠的運動，長肌肉，身體才有能力保護自己。吃真的很重要。

總結：

健康跟疾病都是吃出來的。劣質的飼料跟長期餵食同一種食品容易讓寵物吃出一身病。

所以，既然疾病是吃出來的，我們也可以決定把健康吃回來。

黃慧璧 醫師 Hui-Pi Huang DVM PhD

* 台灣大學獸醫專業學院教授
* 台灣大學附設動物醫院內科主治獸醫師
* 國際認證犬隻復建師 Certified Canine Rehabilitation Therapist (CCRT)
* 發表學術論文 http://www.vh.ntu.edu.tw/chinese/group/internal%20medicine/%E9%BB%83%E6%85%A7%E7%92%A7.htm

案例分享：用鮮食、生食把健康吃回來

PonPon 的過敏

PonPon 之前都是吃乾糧，爸媽也都是選高級的飼料，也常常換牌子。前一陣子這傢伙開始嚴重的過敏，全身癢到不行，癢到牠把自己的毛都咬掉，皮膚也潰爛。可憐的傢伙只好整天戴著頭套。

PonPon 的爸媽好不容易找到一位名醫，名醫開了抗組織胺的藥、抗生素、處方洗劑、外用滴劑、處方飼料，加上看診的費用，一共花了八千多塊錢。獸醫並且還建議要讓 PonPon 吃至少四到十二週的處方飼料。但是吃了四週後，過敏狀況還是沒有改善，PonPon 的媽媽開始認真上網查詢有關皮膚過敏的資訊，才發現所謂的處方飼料並沒有辦法讓病變好，而且裡面有很多副產品、沒辦法分辨的澱粉跟不好的防腐劑。她發現醫生的做法並不能治本，開的那些藥也只是暫時止癢，而且會造成身體的負擔。

她覺得要徹底解決 PonPon 的皮膚過敏，要從食物開始做起。於是

PonPon 停止藥物、處方飼料，改吃單一動物性蛋白質來源的生食。才一個月，戴了快半年的頭套終於可以拿下來了。現在 PonPon 又是活跳跳，精神一百分。

這次的經驗讓牠爸媽徹底認知病從口入，新鮮健康的飲食才是王道。

Bravo 的濕疹

Bravo 剛來的時候，我也是都聽專家的，哪個牌子好就吃什麼，深信不疑，也不懂得看飼料的成分。直到有一次牠得了濕疹，每天要吃藥擦藥、帶頭套、還要用藥洗，搞了好久才好。獸醫說是因為那陣子天氣潮濕狗狗容易得皮膚病。

我心裡想「完了，台灣這麼濕熱，那不是每年都要來個幾次濕疹？我真的會被弄瘋，Bravo 也會瘋掉。」

於是我開始看有關寵物健康的書。從閱讀中我發

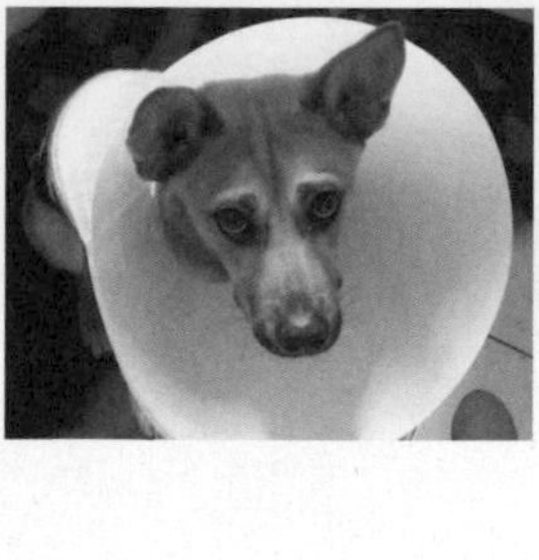

現，飲食的重要。就跟人一樣，吃的食物好，你的免疫系統自然提升可以抵抗外來的細菌病毒。

自從 Bravo 的飲食改變後，神奇的事發生了，牠不再有濕疹的問題。牠的皮毛在陽光下還會閃閃動人，不時路人還會停下來讚美一下「水喔！很亮喔！」

這讓我學會了不管專家推薦你哪個牌子，還是要仔細研究食物的成分是什麼，最好的還是自己煮的鮮食。

2 自己動手做鮮食

醫食同源，意指可以用飲食來強身跟預防。我們人類每天都會吃不一樣的東西，食物也會隨季節改變，來調節我們的身體，這是大自然的恩賜。

但是我們卻給寵物日復一日吃同一個牌子、同一種食物，沒有變化。這是非常違反自然的。而且長年累月下來也可能會讓寵物開始對這食物過敏。就像你如果每天都吃一樣的東西，攝取的都是同樣的營養素，再好的餐，天天吃也會讓你身體吃出毛病。

寵物吃的東西應該是要有變化的，多樣的，最好是新鮮的。遵照大自然的智慧，把健康吃回來。

Bravo's

旬料理食譜

春夏輕食譜：
雞肉時蔬
馬鈴薯
沙拉

【材料】

雞肉　600g（去骨）
萵苣　100g
紅蘿蔔　50g
芹菜　50g
蘋果　50g
馬鈴薯　200g
亞麻仁油　少許

【作法】

1 將雞肉、紅蘿蔔、芹菜、馬鈴薯水煮熟後切丁
2 將萵苣、蘋果去皮、去籽後切丁
3 把以上材料加上亞麻仁油拌在一起，完成！

亞
狗狗如果會挑食，建議可以把蔬菜切的很細很細，讓牠們挑不出來。

【材料】

魚肉 900g
（任何去骨魚肉都可以）
雞蛋 3顆
紅蘿蔔 150g
花椰菜 150g
菠菜 100g
甜椒 50g
生薑泥 1小茶匙
橄欖油 少許

【作法】

1 魚肉去骨切丁（可以混不同的魚，例如鮭魚加台灣鯛魚）
2 紅蘿蔔用磨泥器磨成泥
3 花椰菜、菠菜、甜椒切碎
4 烤盤上抹上少許橄欖油
5 將所有材料放入烤盤拌勻
6 將雞蛋蛋液攪拌後加入烤盤中
7 烤箱攝氏兩百度，烤四十分鐘

【材料】

牛絞肉 1kg
雞蛋 2顆
青豆泥 350g
芹菜 200g
紅蘿蔔 150g
橄欖油 少許

【作法】

1 將所有材料攪拌均勻，捏成你喜歡的形狀
2 煎鍋裡放少許橄欖油，下去煎漢堡肉餅，煎熟即可

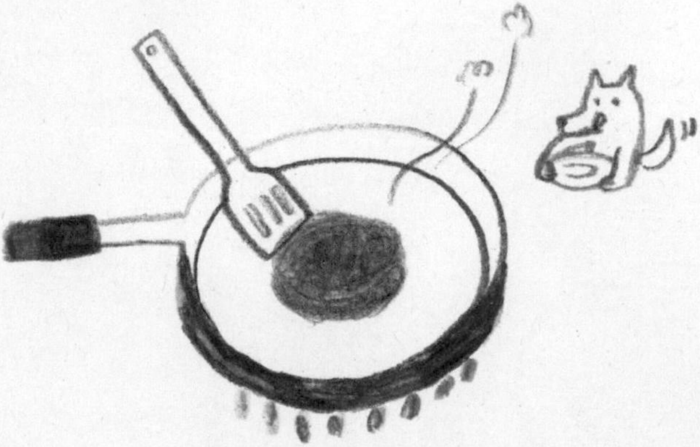

【材料】

牛肉片（火鍋用）　600g
萵苣　490g
海帶（泡水發過）　5g
柴魚片　少許
白飯　100g

【作法】

1 牛肉片用清水燙熟
2 萵苣、海帶切碎（萵苣可生吃）
3 白飯上擺上燙熟牛肉片加萵苣、海帶跟少許柴魚片
4 白飯裡可以斟酌加一點燙牛肉的湯

【材料】

羊肉 900g
花椰菜 200g
高麗菜 200g
地瓜 100g
米 1／2杯（約70g）
小米 1／2杯（約70g）
水

●當要幫寵物煮飯時，請先留意哪些食材是牠們不能吃的。以下食材是不可以給狗狗食用的：蔥、洋蔥、堅果、糖、胡椒、葡萄、巧克力、酪梨、咖啡等等

【作法】

1 將蔬菜跟羊肉切丁
2 將以上切丁材料加入米、小米，放入大鍋裡
3 加入水，水量蓋過材料即可
4 開火加熱到水滾，轉成小滾，燉煮一小時（或到食材都煮軟），如有悶燒鍋的話，可以大滾後放入悶燒鍋內繼續燉

寵物點心師傅：施易男

狗狗零食食譜

初次見到施易男是我帶著 Bravo 去散步的路上。我的好友 Lulu 剛好跟施先生與其他朋友在逛市場找食材。見面時，施先生對 Bravo 叫出我小時候的小名，我嚇了一大跳，沒有幾個人會這樣叫我。原來是誤會一場，只是剛好音很相似。

施易男從小就喜歡動物，他家最高紀錄曾經收留過十幾隻狗狗！現在他養隻貓咪，因為是女生，優雅像白雪公主，所以取名 Snow（雖然牠不是白色的）。Snow 還有 Facebook，由貓奴施先生經營。

施易男因為對烘焙很有興趣、也很有天分，自然的投入他的樂芙依法式點心事業。所以當我跟他提起請他教大家自己作寵物零食時，他一口就答應。但前提當然是要男哥可以如期交作業。在這裡必須感謝男哥的特助小魏先生的協力！我請小魏先生緊盯男哥準時交功課就要像 Bravo 盯食物一樣，「緊緊的盯著」！

以下是施老師教學時間：

【材料】

低筋麵粉	150g
燕麥片	60g
雞蛋	1顆
葵花油	5g
南瓜泥	125g

【作法】

1 南瓜先蒸熟搗成泥，放涼備用

2 依序將低筋麵粉、燕麥片、雞蛋、葵花油、南瓜泥加入，攪拌成團

3 準備手粉，將麵團用擀麵棍擀開，擀至約零點五公分高即可

4 用餅乾模塑型，放在鋪好烤焙紙的烤盤上

5 最後在餅乾的表面刷上薄薄一層蛋白液即可

6 烤箱預熱一百五十度，烤三十至四十分（視家裡的烤箱和餅乾的大小而訂

7 烤好取出放涼即可

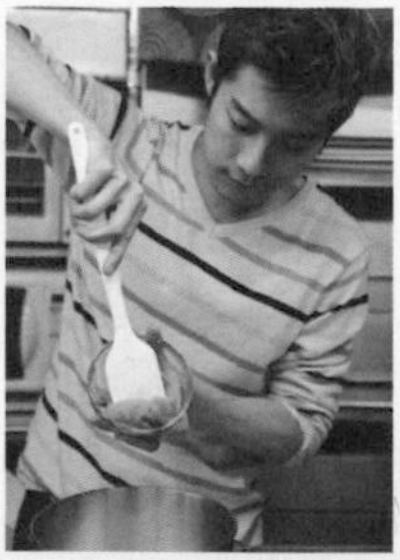

會做點心的
男人最
Sexy～

5

發射正面能量：動物戦士執勤中！

甘地說一個國家的道德水準可以從他們對待動物的方式來評斷。

在台灣，很多朋友用自己的力量來幫助流浪動物，這股正面能量正在持續擴大中！

這群朋友是動物戰士！

他們的目標是要消滅所有對動物有威脅的邪惡勢力，讓動物們可以自由自在的與人類共同生存在這個地球上。

動物戰士第一號：隊長 林雅哲獸醫師

強　項／下鄉去結紮

信　念／TNR（trap 捕捉、neuter 結紮、release 放養），維持生態平衡，尊重大自然

豐功偉業／曾經把自己開的動物醫院關掉，專心做下鄉節育工作

戰　績／累積至目前為止，林醫師團隊已經為數萬隻動物做節育手術

林醫師早年開業時常會有愛心爸爸媽媽帶流浪動物來給他結紮，因為數量不少，對這些有愛心的人都是多出來的支出，所以林醫師會給這些愛心團體特別優惠，減輕他們的負擔。從一個單純開業的獸醫，林醫師漸漸開始思考台灣流浪動物的問題，他發現他沒辦法視而不見，他必須要行動改善這樣的狀況。

動物們的繁殖能力很強，一胎可以生好幾隻，七、八個月後，第二代又可以開始繁殖，因此牠們的數量是倍數成長的。收容所裡的動物被收養率不到三成，這麼多不斷增加的動物要怎麼辦？加上在鄉下，許多人對動物是採半野放的方式飼養，而鄉下的資源分配不均，很多地方也沒有動物醫院，所以在鄉下的動物節育率相對是較低的，當節育率低時，動物當然就一窩一窩的生。所以一定要幫動物節育。一旦節育之後，在當地放養，讓生態找到平衡才是控制流浪動物數量的方法。

悟到解決之道後，林醫師毅然決然的把自己的診所關掉，並與郭台銘先生的永齡基金會一起合作三年，由基金會出資免費幫流浪動物節育。目前這個專案已經結束了，但是林醫師的流浪動物節育工作還在持續中。

現在林醫師重新開張他的湖光動物醫院，休假時還是會帶著院裡的醫師與志工們上山下海，各個鄉鎮跑透透，到處去為鄉下地方的動物免費結紮。

動物戰士 第二號：愛你小隊長 Kimberley Chen 陳芳語

強　項／強大的正義感
信　念／動物對人愛很大 人也要對牠們一樣

如果你喜歡實力派的歌手，你會很欣賞她；如果你很關心流浪動物的話，你會很佩服她的行動力；如果你喜歡真誠的人，你會愛上她。

沒錯！這位就是那音樂奇才，Kimberley Chen。她還不到二十歲，但是表演經驗可是從四歲就開始累積了！她四歲時上澳洲電視台，一開口唱，就讓所有人的下巴都掉下來，這是打哪來的小孩？怎麼這麼能唱！根本是個天才！之後她參加過澳洲電視節目"The Price is Right"長達兩年半、在墨爾本的Regent戲院演出獅子王的音樂劇、也在澳洲國民銀行杯足球聯總決賽演唱國歌。天才後來被韓國經紀公司相中，把她送去紐約和葛萊美獎得主的音樂製作人與團隊作音樂和表演的訓練。這些人可都是訓練排行榜上面的歌手。

甜美的小女生，一談到流浪動物，就好像超人批上風衣一樣，任務上身，有強烈的正義感，需要為流浪動物主持公道，不能辜負把人類當朋友的狗狗們，這就是屬於她的Kim Style，回報的愛很大很多。她許多願望之一就是以後有一個流浪動物收容所，幫助動物的同時也可以教育小朋友對動物的認識跟愛惜。

目前被她陸續撿回家的流浪狗有五

隻，再加上家裡的混種馬爾濟斯還來不及結紮，剛剛生下的三隻幼犬。這些都還不算她三不五時當中途媽媽，收留受傷的流浪動物。

Kimberley 有兩隻狗狗名字取得很有趣，都跟食物有關係。一隻叫 Mango，另外一隻叫 Buggy。Mango 是她一天走在住家附近遇見的一隻流浪狗，不知道這隻狗狗從哪冒出來，她停下腳步，問問這隻狗狗牠的家在哪裡，問不出所以然，Kimberley 就跟狗狗說：「你如果願意跟我回家，那就跟著我走吧。」狗狗就這樣跟著她回家去。因為 Kimberley 很喜歡吃

芒果，這隻狗狗也很喜歡，所以牠就叫 Mango。另外一隻 Buggy 是 Kimberley 在幫一家收留流浪動物的團體 Animal Taiwan 當義工，這天在天母跳蚤市場作義賣活動，臨時宣傳單不夠，她跑去便利商店影印的路上看到有三隻狗狗在攻擊一隻狗，這時動物戰士任務又上身，馬上

跑去解救這隻狗狗。救完狗狗後，手邊可以給的食物只有小香腸，狗狗可能沒吃過香腸，把它當作毛毛蟲一樣，撥來撥去，所以這隻狗狗叫 Buggy（Bug 是蟲蟲的意思）。

關於 Buggy 還有個後續小女生的任性故事。因為 Buggy 受了傷當然要帶去醫院跟回家療傷，帶回家後她爸媽說家裡已經很像動物園了，這隻療完傷後要帶去收容所。小女生很堅持，Buggy 是家人，不可以分離，為了證明這一點，一天，她帶著 Buggy 離家出走，在公園待了一晚，父母見識到她的認真，雙手投降，從此 Buggy 也是家裡的成員。喔，Kimberley 說目前 Mango 跟 Buggy 穩定的交往中，相處相當和樂。

Tripod（腳架的意思）是一晚 Kimberley 在臉書上看到幾隻即將被安樂死的狗狗之一。看完後，她哭了一整晚，隔天馬上跟朋友騎著摩托車，衝去這個收容所要求要看這幾隻將被「殺」的狗狗。收容所的人聽到這字很不能接受，但是我們的小隊長很理智的回應「這有差別嗎？」「而且你們在做什麼？連有被結紮、剪耳的貓咪都抓進來，你不知道什麼是 TNR 嗎？」因為看不下這個收容所的作為，當下她帶出五隻快被安樂死的狗狗，分批用兩台小黃帶走。

這幾隻狗狗最後都有找到好人家收養，唯一只有少了一支腳的 Tripod 沒人認養。Tripod 現在可是 Kimberley 爸爸的心肝寶貝，爸爸說：「這隻狗狗真有靈性，在牠眼神裡看得到滿滿的感激，真是沒白疼牠。」

Jacobs 也是被 Kim 在網路上看到的，前主人把牠帶去洗澡後，就沒有再出現過。Kim 看到這種事情，心中一把熊熊烈火，行動力超強的她又馬上出動，騎著摩托車衝去這家寵物美容解救這隻馬爾濟斯。可憐的傢伙已經被留在那寵物店七個多月了。牠的健康問題還不少，牙齒、牙周不好，還有最難處理的心絲蟲。不過很幸運的，在獸醫跟 Kimberley

的照顧下，健康狀況恢復得挺好的，現在可是活碰亂跳，快樂的很。

Kylie 是隻混種的馬爾濟斯，也是 Kimberley 從收容所帶回家的。有先天的身體缺陷，腳的關節需要開刀。Kylie 很保護 Kim，一有外人接近牠都會先視察這人是誰，可不可以接近主人。根據 Kimberley 說，目前 Jabob 跟 Kylie 也是穩定交往中。不知道這小孩是不是中文造詣不夠深，她好像以為相處良好就叫「穩定交往中」，這件事待我跟索尼音樂經紀人好好溝通一下！

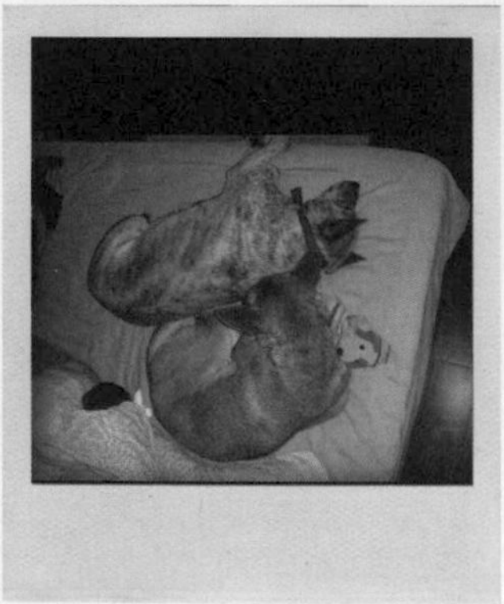

動物戰士第三號：Joe Chen

【強項／跟 Rocco 很能聊天
信念／愛，無國界】

這是從倫敦街頭到台灣的故事。

因為 Rocco 是 Joe 的家人，所以當 Joe 決定從英國搬回來台灣時，Rocco 當然坐同一班飛機一起飛回來。

Rocco 長得非常有型，一臉帥氣、成穩，散發著智慧的氣質，非常有修養，他就好像一個見過世面的藝術家，不多話，但是很有自己的想法跟生活方式。Rocco是個混血兒，有獵犬、賽犬跟梗犬的血液。身材高挑，腿很長，有模特兒的樣子。事實上，Rocco拍過不少平面廣告，相當有行情的。

這樣的Rocco很難想像曾經被棄養流浪在倫敦的街頭，後來被送到Battersea Dogs & Cats Home動物收容所。這家收容所很有來頭，居然從１８６０年就有了，且還有英國女皇跟皇家的支持。他們的宗旨是「從不拒絕任何需要幫助的貓狗。幫助走失的寵物與主人團圓。而沒有主人的，會一直照顧到有合適的人領養為止。」看到這樣的一個收容所，有沒有覺得好棒！是一直照顧喔，狗狗每天都有人去遛牠們，而且是一對一！

聽Joe說那個收容所打理的很好，很乾淨，讓去那裡參觀的人都感到很舒服。那裡的動物們也都得到很好的照顧。真希望台灣也有這樣一個機構。

Battersea Dogs & Cats Home 好讚的地方好多。畢竟是非營利事業，要養這麼多動物、人事管銷總是需要經費，所以他們會辦募款活動、去園區參觀會收門票、領養動物也會收取費用等等的方式去支持這個百年以上的團體，讓她可以持續經營下去，幫助更多的動物跟人。

Joe 跟 Paolo 去了 Battersea Dogs & Cats Home 好多次之後，才確定他們要領養 Rocco。但是你知道這個團體有多嚴格嗎？不是你要領養就可以把貓貓狗狗馬上帶走。他們要先作面試，還要去你住的地方察看，看看你、你的家人與動物的互動狀況來決定你適不適合領養這個動物。如果你的分數有達到他們評分九十

分以上才可以領養。滿分是一百分。Rocco 跟 Joe & Paolo 其實只有考八十九分，但是他們實在是太速配了，所以還是讓 Joe 跟 Paolo 把 Rocco 帶回家。

我第一次見到 Joe 跟 Rocco 時，Rocco 很自然的會把頭放在 Joe 的腿上，一副很舒服的樣子。在咖啡店裡時，Rocco 會靜靜的趴在 Joe 的腳邊，店裡的人都跟 Rocco 很熟，每個人都要來找牠。Rocco 會好幾個特技，最厲害的一個叫 "Speak"。跟牠說 "Rocco, Speak"，牠就會叫一聲，好聰明。Joe 說他都沒有教 Rocco，應該是前主人教的。他懷疑前主人有可能是吉普賽人。我好想問 Rocco 好多問題，像是跟吉普賽人生活時是怎樣的生活？真的有不停的移動嗎？牠喜歡住倫敦還是台北？哪裡的食物比較合牠胃口？英國

的stilton cheese跟臭豆腐哪個比較厲害？台灣的狗狗跟倫敦的狗狗哪邊的比較有教養？英文、中文、台語哪一個比較好懂？

Rocco不僅是我遇過見識最廣的狗狗，牠也是我認識的第一隻有歐盟寵物護照的狗狗！歐盟會員國之間同意寵物（貓、狗、貂）如果有寵物護照、有打拉皮斯疫苗、有打晶片，就可以在歐盟中遊走。

動物戰士第四號：Kathryn Fang

強　項／很聽 Open 的話
信　念／無條件的愛

這是 Kathryn 跟 Open 的故事。

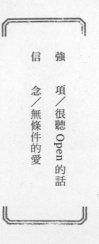

故事發生的那一天剛好是 Kathryn 的生日，算是生日的一個驚喜。

Kathryn 的好姊妹 Mei 是個對流浪動物很關心的人，她自己不僅家裡有養流浪動物，她還會去住家附近餵流浪狗，有四隻是她在照顧的。這天晚上 Mei 去餵流浪狗，突然有一隻髒髒的黃金獵犬跑出來，因為是新的成員，所以其他四隻對牠不是很友善。Mei對流浪動物一向沒有抵抗能力，她跟黃金說「你要跟我回家嗎？要的話，要跟好喔！」黃金就這樣一路乖乖的跟著Mei回家了。

Mei因為家裡已經有幾條狗狗了，實在無力再照顧這隻，所以就打給好姊妹Kathryn，請她先照顧一陣子，當中途媽媽，一邊幫黃金找未來的主人。

Kathryn身為好姊妹當然一口答應，想說做個中途媽媽只是短期的，這忙一定要幫。Mei馬上駕車載黃金過去Kathryn家。

接到髒兮兮的黃金，Kathryn跟妹妹馬上帶著牠去附近的超市採買黃金需要的東西，像是頸圈、牽繩、飼料等等。黃金好乖，就這樣一路跟著，都沒有亂跑，讓兩姊妹感動的勒，想說這隻超有靈性的。

回到家後，姊妹們開始忙著幫黃金洗澡、準備牠吃的、睡的地方。

接下來幾天，Kathryn每天都帶著黃金坐計程車上下班（因為她是老闆，所以有這樣的特權）。她帶黃金去上班有幾個原因，一是她不想讓黃金自己在家，怕牠覺得無聊。二是她開始面試可能適合黃金的主人，還不少人來公司面試。

Kathryn 可是很認真的幫黃金找主人。沒養過狗的不ＯＫ；白天家裡沒有人陪狗的不ＯＫ；不會每天遛兩次的不ＯＫ等等的條件，幾乎所有來面試的人都得到她這樣的答案「我們還有其他的人選要看看，所以我們會再跟您聯繫」（當面試的主管跟你這樣說的時候，他其實在說：「謝謝，再連絡」）。

好不容易 Kathryn 的叔叔幫黃金找到一個住在八斗子的阿伯。阿伯已經退休，沒有老伴，他的小孩想幫他找隻狗陪伴。Kathryn 想想，這阿伯或許是目前最理想的人選，所以就決定把黃金給這阿伯。

跟阿伯約好禮拜五的晚上送黃金過去。禮拜五那天，Kathryn 很捨不得要把狗狗送走，開始一把鼻涕一把眼淚一邊幫黃金收拾牠的細軟，搞得黃金那天也很憂鬱。平常牠會在辦公室到處巡邏，跟每個人打招呼，看看誰在吃東西。可是那天，黃金很反常的躲在一旁不太理人。

合夥人 Koji 忍不住的跟她說「阿你這麼捨不得就把牠留下來，幹嘛這樣一直哭！就留下ㄚ，你明明就很喜歡。」Kathryn 很堅持的說「不行！我每天加班，加上我之前在美國的狗狗去見上帝時，我崩潰了好久，那種痛我太清楚了，我不要再養狗狗。不行不行。」

時間到了，Kathryn 跟 Mei 借了車，獨自載著黃金去八斗子。她一路上哭著開過去。到了目的地，她繼續一邊哭一邊跟阿伯細細說明黃金的習

慣等等。阿伯很認真的聽著。講完之後，Kathryn 說話了。她說「等等等等！不行不行！我要再想想，我要把狗帶回去。」

當時那位阿伯跟他女兒心裡的ＯＳ應該是在說「看！遇到詐騙集團！這查某是來莊孝維！」。不過他們倒是很有耐心的

跟Kathryn說「乖，不要哭，你先回家，讓黃金在這裡待一晚，看看牠可不可以適應。你也回去好好的想一想。」Kathryn在矛盾與眼淚鼻涕中接受了這個建議。然後又一路上哭著開車回台北。

哭了一整夜之後（比失戀時哭得更誇張！），一早爬起，Kathryn狂打阿伯跟他女兒的電話，但是都沒有人接，她開始慌張，腦子亂想一萬個可能發生的事，想說完了，黃金發生什麼事了。過了一會，電話通了，人家只是去附近買個菜，順便幫黃金買些用品。

Kathryn說：「我整夜睡不著，阿伯，金sorry，黃金我還是要帶回家！」阿伯跟他女兒了解這次真是遇到瘋子，二話不說，馬上把剛買的用品加上黃金的細軟打包。

就這樣，Kathryn 火速的趕到阿伯家接黃金，並以最快的速度跳上車，叫 Mei 趕緊開車，奔回台北！這趟回程 Kathryn 沒有哭（哭的應該是阿伯，遇到瘋女，被騙了！）。

Koji 說：「媽的！你根本就是跟黃金去騙人家玩具的！你好意思阿你！」

曖呀！愛的力量大！可以把一個精明能幹的女人，瞬間搞成這樣瘋瘋的，也只有狗狗了！

黃金只有跟 Kathryn 相處一個多禮拜，就完全把她收買了！從牠見到 Mei 的那刻，牠就運用百依百順的策略，牠知道這兩個女人對流浪狗毫無招架力，只要乖乖跟著，她們就會幫牠找到最好的安排。

黃金也為 Kathryn 帶來好多好運喔。這時候，黃金的名字正式叫 Open。原因很簡單，因為 Open 喜歡去有 Open 將的那家店，還有牠對每個人都很 open。

她每天帶 Open 上下班坐計程車也不是辦法，辦公室隔壁的餐廳夫婦聽聞，很好心的跟 Kathryn 說：「那你晚上就把 Open 帶過來我家過夜。」Open 就這樣夜宿餐廳老闆家，然後白天去上班。就這樣麻煩餐廳老闆夫婦幾週後，Kathryn 為了載 Open 就去買了台車。

那時候還是單身的 Kathryn 身邊不乏有追求者，好幾個一表人才的男性在跟 Open 互動時都被她暗地裡扣分再扣分。比如，明明就不是很喜歡狗狗，還裝！比如，車子太高級，狗狗不能上車。扣分扣分。

最後是由 Kathryn 的小學同學小梁勝出！大勝！

小梁第一次跟 Kathryn 約會是跟著 Kathryn 帶 Open 去中壢一個給狗狗玩耍的地方。他跟 Open 互動良好、很自然。加分。

當天，Open 因為太開心了，在那草原亂吃不知名的果子，回去上吐下瀉，把 Kathryn 搞得心神不寧。

隔天小梁本來要約 Kathryn 去看電影，但是家裡的毛小孩不舒服，變成小梁過去幫忙照顧 Open。再加很多分。加到最後，Kathryn 決定就是這個人啦。

他們結婚了！

Mei在Kathryn生日那天帶給她Open，Open幫Kathryn帶來小梁。

所以沒有Mei跟Open，就沒有後面很多好笑的故事。

Open給Kathryn最寶貴的禮物：無條件的愛，毫無保留的。

動物戰士第五號：Mei Hu

強　項／她有狗醫生，毛毛

信　念／流浪動物會流浪不是牠們的錯，我們都是在同一個時空的地球上

Mei為了要幫助更多的流浪動物，一直希望有一天她可以遇到跟她有緣的邊境牧羊犬，因為邊境的個性友善，喜歡有工作，這種狗狗最適合當她的狗領隊，帶領受虐過的流浪動物可以再次接受人類的幫助。

Mei做足了有關邊境的功課，找了近一年，終於讓她在彰化芬園鄉這

偏遠的小鎮上找到了。毛毛就是來自於這裡的犬舍。毛毛的爸爸是在澳洲出生，在日本出名，得到世界犬多屆的冠軍。毛毛的媽媽則是出生於紐西蘭。

毛毛果真是個好領隊，Mei 的另外兩隻流浪犬牛奶與哈比都會模仿毛毛。這兩隻之前流浪在外時有吃過苦，對人類比較不信任，但是牠們都視毛毛為自己人，也會模仿毛毛的行為。現在 Mei 如果要教牛奶或哈比新東西，一定是先教毛毛，毛毛就會再去教這兩位小朋友。這是不是很聰明呀！

動物戰士第六號：Julie Huang

強　項／動物雷達：隨時偵測附近有無需要幫助的流浪動物
信　念／體貼動物的需求

Julie 養兩隻狗，一隻是朋友送養的拉不拉多叫 Kitto，非常的皮，你坐在沙發上，牠會馬上擠在你旁邊，靠著你，非常甜蜜。當你正覺得好溫馨時，牠會偷偷的放個很臭的屁，臭到連牠自己都覺得難聞而默默地走開，留你一個人在沙發上不知該如何澄清「人不是我殺的！屁是 Kitto 放的！」

另外一隻黃金獵犬叫寶寶，是在網路上看到某獸醫院貼出來送養的。那時候牠已經五個月大了。可憐的寶寶在兩個月大的時候被前主人帶去獸醫院看病之後，那個沒心肝的主人就沒再出現過了。因為醫院能提供的幫助有限，只能把還在長大的牠關在一個快塞不下的籠子裡。當牠被領養的時候，後腿因為缺乏運動而肌肉萎縮，也有皮膚的問題。那幾個月正是小狗的成長時期，但牠卻被關在籠子裡，不只肌肉萎縮，牠也有骨刺，站久關節會開始抖，所以也不可以走太久或隨意的爬上爬下。為了體貼寶寶，Julie 還刻意把她的床弄得比較低，讓寶寶不用跳上床。是的，Julie 的狗狗們是睡她的床，兩條大狗幾乎占滿整張床。其實 Julie 應該把房間變成榻榻米，這樣她就不會被 Kitto 跟寶寶擠下床了。

寶寶的問題還不止這些。牠剛開始也有頻尿的問題，每個小時都要帶牠出去上廁所。可憐的傢伙應該也是沒良心的繁殖場的產物。還好在細心的獸醫與 Julie

的照顧下，寶寶現在恢復得很不錯，吃得多，拉得也多，可是過得挺舒服的，每天跟 Kitto 爽爽在家等著被伺候。

動物戰士第七號：Demetra Jacobs

強　項／超強溝通能力，可以讓聽台語的土狗馬上聽懂英文

信　念／絕對不購買寵物

黑黑的 Moltzy 跟黑白 BB 都是這位來自亞歷桑納州的 Demetra 收養的。幾年前的莫拉克颱風過後，Demetra 騎著摩托車上陽明山去透透氣，接觸一下大自然，正在享受森林負離子時，突然聽到草叢裡有東西在動。好奇心驅使她上前去看看到底是什麼東西，一撥開草叢，看到一隻瘦弱，

全身是皮膚病的幼犬，小小的，可能只有兩個月大。雖然從小就很喜歡狗，但當時 Demetra 並沒有打算要養狗。但是既然緣分來了，或許是宇宙告訴她，與其計畫要什麼時候養狗，不如就現在吧！就這樣這隻狗狗坐上摩托車，跟她回家去。接下來的兩個月，每星期 Demetra 都要帶 Moltzy 去獸醫院接受治療，因為皮膚病實在很嚴重，全身多處脫毛，就好像很多動物在換毛期一樣，毛都掉光光，換毛的英文叫 molt，所以這隻狗狗的名字就叫 Moltzy，有重生的意思。

BB 也是隻流浪狗，在敦化北路、民生東路社區附近生活了很多年，牠還算幸運，那裏有位愛心阿姨會去公園餵流浪動物順便把牠們帶去結紮，所以在流浪的時候 BB 都還有東西吃。那時候 Demetra 的男友會去這個公園，帶零食給 BB，跟牠玩，久而久之，感情愈來愈好，好到 BB 跟著他回家。BB 跟 Moltzy 現在可是超級好朋友，每天都膩在一起。Demetra 說如果有一天回去美國，狗狗可是要跟她一起回去，因為牠們就是她的小孩，當然要跟著家長一起走呀！

Demetra 對動物滿滿的愛從美國溢出來到了台灣。你怎麼能不愛這位美國朋友哩！她讚透了！

小小題外話：情侶一起養寵物就好像一起養小孩，當關係不能再持續下去，大人們應該為寵物們著想，監護權應該給可以好好照顧寵物的一方，另一方應有探視的權利。對寵物們來說，你們永遠都是牠們的家人，只是現在沒有住在一起而已。這點 Demetra 就處理的很好，很成熟。現在前男友還是三不五時會來探視狗狗們。

當你養了動物，你就是牠生命的全部

額外加送篇

Bravo 碎碎念

- 當你養了動物，你就是牠生命的全部。
- 一旦你給小狗取了名字後，牠就是你的了。
- 當你的東西硬被搶走時，就放下吧！因為它已經回不來了，即使回來也變了樣。
- 尊重與接受我們的不一樣。
- 保持冷靜，不被旁邊的人影響。
- 自己一個人獨處時，也可以是很有趣的。Alone 不等於 lonely。
- 懂得跟自己相處，讓你更懂得怎麼跟別人相處。
- 當你真的很開心看到朋友時，不需要感到害羞，大方的讓他們知道。
- 朋友要多聚會。

● 確定你要去哪裡，就一步一步繼續走，別理會路上瘋癲的人或狗狗。

● 即使你遭遇過很不好的事，當你願意接受別人給你的溫暖、正面的能量，你會變得不一樣，你的腳步會變得比較輕，你的笑容也會變得很陽光。

狗狗友善咖啡店

店家開門總是希望有客人上門，但是對於帶狗狗的客人，店家會很擔心狗狗會不會造成其他客人的困擾。店家的擔心是有原因的，因為很多店都有接待過不乖的客人。

以下是店家們最在意的事：

1. 餐飲業要乾淨，所以店家很在意狗狗乾不乾淨，你的狗狗有沒有洗香香？

2. 你的狗狗會不會影響到其他客人——

● 你的狗狗會不會亂叫？

● 你的狗會不會在店裡亂跑？

● 你的狗在店裡會不會乖乖的坐在你旁邊？

● 你的狗有沒有攻擊性？對人？對其他狗？對貓？

● 你的狗會不會到處亂上廁所？

讓狗狗當個有禮貌的客人，洗香香，梳妝打扮漂亮上街去，讓更多店家接受帶狗狗的客人吧！

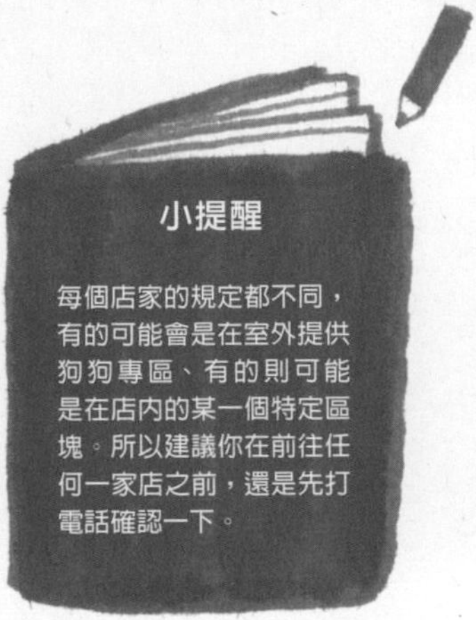

小提醒
每個店家的規定都不同，有的可能會是在室外提供狗狗專區、有的則可能是在店內的某一個特定區塊。所以建議你在前往任何一家店之前，還是先打電話確認一下。

信義區

Pond Burger	台北市信義區基隆路 2 段 12 號 02 2345 6623
黑吧煎焙咖啡	台北市信義區基隆路 2 段 27 號 02 2739 3046
11 café	台北市信義區忠孝東路 4 段 553 巷 12 號 02 8787 5891
nido café 巢	台北市信義區忠孝東路 4 段 553 巷 22 弄 10 號 02 2753 4402
Goodies Cuisine （好米）	台北市信義區永吉路 30 巷 157 弄 9 號 02 2765 1307
Element Café	台北市信義區松壽路 28 號 02 2723 9673
1315 coffee	台北市信義區松隆路 15 號 02 2749 1315
PEG COFFEE	台北市信義區嘉興街 309 號 02 8732 8603
加爾第咖啡	台北市信義區吳興街 269 巷 1 弄 21 號 02 2345 1136
Café Vintage （聞豆奇咖啡館）	台北市信義區莊敬路 391 巷 1 弄 2 號 02 2758 6220
Nola Kitchen （紐奧良小廚）	台北市信義區信義路 5 段 150 巷 14 弄 16 號 02 2722 7662
籌學費	台北市信義區光復南路 417 巷 37 號 02 2345 1398
Woolloomooloo	台北市信義區信義路 4 段 379 號 02 8789 0128

大安區

路上撿到一隻貓	台北市大安區溫州街 49 巷 2 號 02 2364 2263
Picnic Cafe （野餐咖啡）	台北市大安區溫州街 75 號 02 2368 7798
TRiO 義式庭園蔬食餐廳	台北市大安區溫州街 79 號 02 3365 3268
貳月咖啡	台北市大安區青田街 13-1 號 02 2391 33761
Ecole Café （學校咖啡館）	台北市大安區青田街 1 巷 6 號 02 2322 2725
Insomnia Café （睡不著咖啡館）	台北市大安區泰順街 60 巷 8 號 02 2364 0002
Duke Rabbit （兔子公爵）	台北市大安區永康街 37 巷 6 號 02 2396 8110
Yaboo café （鴉埠咖啡）	台北市大安區永康街 41 巷 26 號 02 2391 2868
小自由咖啡	台北市大安區金華街 243 巷 1 號 02 2356 7129
搖咖啡	台北市大安區潮州街 41 號 02 2395 2099
Café Odeon	台北市大安區新生南路 3 段 86 巷 11 號 02 2362 1358

自然醒咖啡公寓	台北市大安區和平東路 2 段 157 號 2 樓 02 2709 6066
PP99 Café	台北市大安區和平東路 2 段 175 巷 7 號 02 2325 0499
老木咖啡	台北市大安區和平東路 3 段 119 巷 11 號 02 2735 6158
秘氏咖啡	台北市大安區浦城街 4 巷 30 號 02 8369 1012
Dot 點點食堂	台北市大安區浦城街 13 巷 2 號 02 8369 2939
My Sweetie Pie	台北市大安區師大路 93 巷 3 號 02 3365 3448
中西美食	台北市大安區師大路 93 巷 8 號 02 2369 9751
minami zephyr （小南風）	台北市大安區師大路 68 巷 9 號 02 2363 3138
Café 515	台北市大安區復興南路 1 段 107 巷 5 弄 15 號 02 8773 9739
Mucho Mucho	台北市大安區復興南路 1 段 107 巷 5 弄 29 號 02 2711 6691
A House Café	台北市大安區復興南路 1 段 107 巷 5 弄 18 號 02 2778 8612

Caldo 咖朵咖啡	台北市大安區復興南路 1 段 107 巷 5 弄 2 號 02 2731 8023
Coffee gian 6 degrees （喬安 拾豆）	台北市大安區復興南路 1 段 279 巷 28 號 02 2704 0141
維嘉畫廊咖啡	台北市大安區復興南路 1 段 279 巷 4 號 02 2706 2116
Pig & Pepper	台北市大安區復興南路 1 段 295 巷 15 號 02 2708 7899
La Soffitta Caffe	台北市大安區復興南路 1 段 295 巷 24 號 02 2707 0218
MONO CAFE	台北市大安區復興南路 2 段 349 號 02 2738 2016
ANGLE CAFE	台北市大安區瑞安街 206 號 02 2706 6672
逗點咖啡	台北市大安區光復南路 260 巷 30 號 02 8771 9661
The Chips	台北市大安區光復南路 280 巷 37 號 02 2778 9993
4am Café	台北市大安區光復南路 308 巷 38 號 02 2741 1170
Omelet to go （吃蛋吧）	台北市大安區光復南路 473 巷 11 弄 40 號 02 2720 8782

Fay Cuisine	台北市大安區四維路 14 巷 6-1 號 02 2703 6363
眼鏡咖啡	台北市大安區四維路 52 巷 6 號 02 2708 4686
好好廚房	台北市大安區四維路 208 巷 12 號 02 2325 7617
辣椒老爹廚房	台北市大安區大安路 1 段 19 巷 5 號 02 2751 5221
Tribeca	台北市大安區大安路 1 段 31 巷 52 號 02 2731 2118
Belle Epoque （美好年代）	台北市大安區大安路 1 段 52 巷 23 號 02 2775 3393
Pregame 美式餐廳酒吧	台北市大安區仁愛路 4 段 300 巷 26 弄 19 號 02 2702 9638
Lovely Lovely 美好生活骨董行	台北市大安區仁愛路 4 段 345 巷 4 弄 3 號 02 2771 3800
Traveler Station Coffee （行李箱咖啡館）	台北市大安區仁愛路 4 段 345 巷 5 弄 9 號 02 2775 2391
deLight café & deli	台北市大安區敦化南路 1 段 160 巷 39 號 02 2776 5655
Juanita Burritos & Tacos	台北市大安區敦化南路 1 段 160 巷 51-1 號 02 2752 7576

Single Origin espresso & roast（隱匿的角落）	台北市大安區敦化南路 1 段 161 巷 76 號 02 8771 6808
The Lobby of Simple Kaffa	台北市大安區敦化南路 1 段 177 巷 48 號 B1 02 8771 1127
Coffee Tree Bistro	台北市大安區敦化南路 1 段 187 巷 34 號 02 2771 2050
Aniki Burger	台北市大安區敦化南路 1 段 238 巷 1 號 02 2711 6077
貳樓	台北市大安區敦化南路 2 段 63 巷 14 號 02 2700 9855
是熊	台北市大安區敦化南路 2 段 63 巷 28 號 02 2708 7075
Relax-the expresso place	台北市大安區敦化南路 2 段 63 巷 40 號 02 2708 6755
Wayne's Café	台北市大安區敦化南路 2 段 63 巷 54 弄 2 號 02 2707 6389
WEME	台北市大安區安和路 1 段 21 巷 9 號 02 8773 3771
PS TAPAS	台北市大安區安和路 1 段 21 巷 19 號 02 2740 9090
JIKA 時花商行	台北市大安區安和路 2 段 71 巷 8 號 02 2735 6543

Whalen's	台北市大安區安和路 2 段 145 號 02 2739 3037
多麼 café	台北市大安區信義路 2 段 217 巷 16 號 02 2733 0009
Shao Café	台北市大安區信義路 3 段 150-2 號 02 2704 1819
COSTUMICE CAFÉ	台北市大安區忠孝東路 4 段 223 巷 71 弄 6 號 02 2711 8086
B Waffle	台北市大安區市民大道 4 段 138 號之 5 02 2741 7500
Focus Kitchen	台北市大安區信義路 2 段 198 巷 6 號 02 2395 7917
Perch café （窩著咖啡館）	台北市大安區信義路 4 段 30 巷 20 號 02 2702 7635
Mon March　什物	台北市大安區文昌街 49 號 02 2706 7062
café à la mode	台北市大安區雲和街 2-1 號 02 2362 3957
Cafe Tabby （泰比咖啡）	台北市大安區樂業街 68 號 02 2733 0397
Piccolo Parco Café e Bar （小公園）	台北市大安區通化街 184 巷 1 號 02 2735 1648

Dear Deer （小路咖啡）	台北市大安區羅斯福路 2 段 77 巷 7 號 02 2363 7768
秦大琳私房菜 （Darling Café 二號店）	台北市大安區羅斯福路 2 段 113 號 2 樓 02 2363 5811
Die Flügel café 手工蛋糕	台北市大安區羅斯福路 3 段 269 巷 21 號 0928 080 973
微光 自家烘焙咖啡	台北市大安區羅斯福路 3 段 269 巷 9 號 02 8369 3577

松山區

Aroma Corner	台北市松山區新中街 43 號 02 2742 5526
Woolloomooloo	台北市松山區富錦街 95 號 02 2546 8318
哈古小館	台北市松山區富錦街 469 號 02 2767 8483
Meet Bear （覓熊）	台北市松山區三民路 101 巷 8-3 號 02 2761 2201
Coffee Essential （民生工寓）	台北市松山區民生東路 4 段 56 巷 1 弄 3 號 02 8712 1220
Goodday	台北市松山區民生東路 4 段 112 巷 1 弄 15 號 02 8712 1005
Café Junkie	台北市松山區健康路 9 號 02 2717 4747
Ole Café （歐雷咖啡）	台北市松山區南京東路 5 段 123 巷 1 弄 15 號 02 2769 5451
issyouni ni	台北市松山區八德路 2 段 346 巷 9 弄 9 號 02 2776 4663
Lily 法式薄餅咖啡	台北市松山區八德路 3 段 12 巷 51 弄 3 號 02 2577 7752
icaffe' （艾咖啡）	台北市松山區八德路 4 段 102 號 02 2766 1331
a Corner café （傳奇星）	台北市松山區八德路 4 段 106 巷 2 弄 1 號 02 2762 7111

中山區

Coffee Sweet	台北市中山區中山北路 1 段 33 巷 20 弄 3 號 02 2521 0631
KONAYUKI （粉雪北海道 Style Café）	台北市中山區中山北路 2 段 20 巷 1 號 02-2522-2020
蛙咖啡	台北市中山區松江路 69 巷 5 號 02 2506 1716
雷蒙叔叔	台北市中山區松江路 313 巷 1 號 02 2517 7684
Myron Café	台北市中山區民族西路 66 巷 15 號 02 2523 6336
MOT KITCHEN LIGHT	台北市中山區民生東路 1 段 21 號 02 2536 7767
Café wien	台北市中山區撫順街 41 巷 3 號 02 2598 2820
Astar coffee house	台北市中山區民權東路 3 段 60 巷 13 弄 41 號 02 2503 5856
Le Park Cafe （公園咖啡）	台北市中山區遼寧街 146 號 02 2719 8880
OSKA	台北市中山區北安路 608 巷 4 弄 8 號 02 2533 9731
FARAMITA	台北市中山區北安路 621 巷 13 號 02 2533 7609

Trio 義式庭園蔬食	台北市中山區北安路 630 巷 25 弄 1 號 02 8509 7661
米朵咖啡品館	台北市中山區敬業 1 路 120 號 02 8502 1507
Season Cuisine Patissiartism	台北市中山區明水路 397 巷 2 弄 22 號 02 2533 2377
Balcony Café （陽台咖啡）	台北市中山區大直街 34 巷 20 號 2F 02 2533 8416
Ed's Diner	台北市中山區樂群 2 路 216 號 02 8502 6969

士林區

The Soup （哈咖啡）	台北市士林區至誠路 2 段 35 號 02 2832 9222
C'est Bon Bistro （棒棒小餐館）	台北市士林區忠誠路 2 段 40 巷 12-1 號 02 2836 4928
鳥咖啡	台北市士林區忠誠路 2 段 82 巷 1 號 02 2874 0995
Brunch House （號子）	台北市士林區忠誠路 2 段 148 巷 4 號 02 2873 2577
Cafe Hu Ha （呼哈咖啡）	台北市士林區忠誠路 2 段 178 巷 15 號 02 2872 4222
copo de café （杯子咖啡館）	台北市士林區雨聲街 61-1 號 02 2833 5820
Zabu	台北市士林區中山北路 7 段 175 號 02 2872 7790

內湖區

be be café	台北市內湖路 2 段 103 巷 48-4 號	02 2656 2306
象園咖啡	台北市內湖區內湖路 2 段 192 號	02 2792 6080
Past Times 佩斯坦	台北市內湖區基湖路 3 巷 1 號	02 8797 8027
蒂司蔔廊咖啡	台北市內湖區成功路 4 段 41 巷 6 號	02 2792 3767
Tutti Home	台北市內湖區安康路 418 號	02 2632 4006
Nuage 雲朵小酒館	台北市內湖區洲子街 78 號	02 8751 5889
Diner House	台北市內湖區洲子街 112 號	02 8751 5205
二樓	台北市內湖區洲子街 73-1 號	02 2659 2058
VASA Pizzaeria	台北市內湖區洲子街 183 號	02 2657 3315
Juicy Burger 裘斯漢堡	台北市內湖區內湖路 1 段 591 巷 12-3 號	02 2657 7793
JokeR Coffee	台北市內湖區陽光街 275 號	02 2627 2625

大同 萬華 中正區

Milano café （米蘭多 Café）	台北市大同區迪化街 32 巷 7 號 02 2556 1168
爐鍋咖啡	台北市大同區迪化街一段 32 巷 1 號 2 樓 02 2552 1321
Fleisch Café （福來許咖啡館）	台北市大同區迪化街 1 段 76 號 02 2556 2526
Galerie Bistro	台北市大同區南京西路 25 巷 2 號 02 2558 0096
Piece of Cake	台北市大同區南京西路 64 巷 9 弄 19 號 02 2559 7981
Nichi Nichi （日子咖啡）	台北市大同區赤峰街 17 巷 8 號 02 2559 6669
剛好	台北市大同區赤峰街 33 巷 2 號 02 7729 4388
小時咖啡	台北市大同區赤峰街 33 巷 10 號 02 2550 7770
R9 Café	台北市大同區赤峰街 41 巷 13 號 02 2559 3159
Treellage Life Café （樹樂集）	台北市大同區民族西路 33 號 02 2599 1599
北義極品咖啡	台北市中正區中華路 2 段 75 巷 20 號 02 2311 7318

沛洛瑟自家焙煎咖啡店	台北市中正區中華路 2 段 75 巷 40 號 02 2312 2955
路燈咖啡	台北市中正區羅斯福路 3 段 244 巷 10 弄 19 號 02 2367 7272
早安布拉格花園輕食餐廳	台北市中正區羅斯福路 4 段 162 號 02 2364 6838
Solo Bean・Specialty Coffee	台北市中正區襄陽路 35 號 02 2382 6890
卡那達咖啡 카페가나다	台北市中正區臨沂街 13 巷 5 號 02 2321 7120
邊邊	台北市中正區臨沂街 55-3 號 0937 817 612
尖蚪探索食堂	台北市中正區汀洲路 3 段 230 巷 57 號 02 2369 2050
Labu café	台北市中正區信義路 2 段 161 巷 2 弄 7 號 02 2351 6210
小食糖	台北市中正區信義路 2 段 181 巷 3 號 02 2396 5965
UNI CAFÉ	台北市中正區金門街 25-1 號 02 2364 0577
Beccafico Caffee	台北市中正區杭州南路 1 段 11 巷 4 號 02 2341 5218

無名黑鐵咖啡	台北市中正區和平西路 2 段 97 號 02 2388 8708
也門町咖啡	台北市萬華區康定路 19 號 02 2361 6138
Oven Coffee （烤香）	台北市萬華區成都路 55 號 1 樓 02 2314 6429
門卡迪炭燒咖啡廳	台北市萬華區成都路 14 號 02 2314 8964

參考資料

1. The Whole Dog Journal
http://www.whole-dog-journal.com/

2. Healthy Pets with Dr. Karen Becker
http://healthypets.mercola.com/

3. The Dog Food Project
http://www.dogfoodproject.com/

4. U.S. Food and Drug Administration
http://www.fda.gov/default.htm

5. The Pet Food List
http://www.thepetfoodlist.com/

6. The Nature of Animal Healing by Martin Goldstein, D.V.M.

7. The Whole Pet Diet by Andi Brown

8. GM-Free Cymru
http://www.gmfreecymru.org.uk/index.htm

9. GMO Awaresness
http://gmo-awareness.com/

10. 台北旅遊網
http://www.taipeitravel.net/

11. 台北市文化局
http://www.culture.gov.tw/

12. 文化部
http://www.moc.gov.tw/main.do?method=find&checkIn=1

13. 吳三連臺灣史料基金會
http://www.twcenter.org.tw/index.html

14. 臺灣大百科全書
http://taiwanpedia.culture.tw/web/index

國家圖書館出版品預行編目(CIP)資料

4腳+2腿：Bravo與我的20條散步路線／
Gayle Wang作. -- 初版. -- 新北市：
依揚想亮人文, 2013.12
面；公分
ISBN 978-986-88400-2-7(平裝)

1.臺灣遊記 2.犬 3.寵物飼養

733.6 102024329

4腳+2腿——Bravo與我的20條散步路線

作者 Gayle Wang
發行人 劉鋆
責任編輯 廖又蓉
封面設計 薛慧瑩
內文插畫 薛慧瑩
美術編輯 Rene Lo／薛慧瑩
出版者 依揚想亮人文事業有限公司
經銷商 聯合發行股份有限公司
新北市新店區寶橋路235巷6弄2樓
電話 02-29178022
印刷 美圖印刷設計有限公司
初版一刷 2013年12月／平裝
定價 350元
ISBN 978-986-88400-2-7

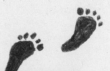